喧嘩《けんか》は江戸の華」と言われていたが、一年前にも大火があった。それで何かの時の待ち合わせ場所を近くの寛永寺と決めていたのだが、そこも焼け落ち、見るも無惨な死体置き場へと変貌していた。辛《かろ》うじて延焼を免れた根本中堂の前は死体の山だ。日毎に死体の数も増えたが、焼けただれているので誰が誰だか判《わか》らないという状況である。これだけ捜しても見つからないし、ここにも姿を現さないということは、やはりこの骸《むくろ》の中にいるのかも知れないと思い、丹念に見て回ったが、判別

一方、清吉の実家は信濃の山奥だが、小さい時に丁稚奉公に出さ い
想い出もほとんどない。

役所の粋な計らいで炊き出しが行われ、ばったり出会ったとい

「これからどうするお心算《つもり》ですか」

「家は丸焼けで金目の物も見当たらないし、どうしようもないな ん
だ」

「私は逃げ出すのが精一杯で、着の身、着のままです。この炊き つ
ないでいるだけです」

出るのは溜め息ばかりだ。小兵衛の懐にはまだ若干の余裕があ 持
つものやら。

「寝泊まりはどうしてる」

「お寺の軒下や祠《ほこら》です」

「そうか。では私も暫《しばら》くそうするか」

　ここ数日は知り合いの家にやっかいになっていたが、いつまでも居座るわけにはいかない。小間物の仕事ならなんとか出来ようが、元手が無いのではどうしようもない。何か仕事をしなければとは思うが、何をしたらいいのか見当もつかない。これからは大工仕事関係が盛況となるだろうが、今から弟子入りというのも気が進まない。他の仕事も似たり寄ったり。

　いずれにしても、賑やかな町へ行って、思案しようと思った。湯島天神の方から火勢が伸びてきたと言うので反対方向の浅草へ行くことにした。北へ向かって歩き出したが、火の手はこちらにも襲いかかったようで、行く先々で未だに煙が燻《くす》ぶっていた。浅草寺《せんそうじ》へ向かって東に向きを変えると、悲惨な様子は次第に減ってきた。新寺町《しんてらまち》まで来れば全くの無傷だ。無事を祈ってか、読経があちこちから聞こえる。浅草寺の鳥居を潜り、北へ向かって本堂を通り抜けると急に道は細くなり、左右に田圃が見える。突き当たると左右に道が広がっているが、これが日本堤《にほんづつみ》だ。通い慣れた方へ自然と足が向く。すぐに（新）吉原だ。清吉はずっと弱々しく後をついてきていた。その時、弟のような存在とまでは言えないが、奉公人だった清吉の面倒をみるのは自分の仕事だなと思った。

吉原には馴染みの幇間《ほうかん》（太鼓持ち）や遊女がいる。ここなら何某《なにがし》かの仕事にありつけるかもしれないが、今まで客として来ていたのに、何で今更という感じがしなくもない。

火事で焼け出された者がたくさんいるというのに、ここは相変わらずの賑わいだ。

立派な桜の木が遠くに見える。近づくとそこは荒れ寺だった。山門は雑草がへばり付き、一瞥《いちべつ》しただけで、そのままとぼとぼと歩みを続けた。寝る所を探すのが先だ。

苔《こけ》むしている、本堂を挟んで手前に僧房が左右にならんでいる、東西に細長い寺だ。瓦は数枚剝《は》がれ落ち、埃だらけだ。今の小兵衛には丁度お似合いだと思った。今日の寝倉《ねぐら》はここだと見当をつけ、中に入った。手前左は庫裏（厨房）だった。無人だと思っていたので黙って入ったのだが、そうではなかった。隣の囲炉裏のある部屋には先客が四人いた。三十そこそこの夫婦と坊主頭の父娘《おやこ》だ。夫婦の服にはあちこちに穴が空いている。火の粉でもかぶったようだ。四十前後の坊主は少し太り気味で、股引《ももひき》に袖の無い粗末な柿色の着物を着ている。まるで牢獄から抜け出てきたと言わんばかりだ。それに坊主頭だからと言って僧侶だとは限らない。娘の方は二十歳《はたち》前後で目元が爽やかだ。色白で口元にある小さな黒子《ほくろ》が何とも愛らしい。きっと母親似なのだろう。着物は煤《すす》で汚れてはいるが、高価な物のようだ。何とも不釣り合いな父娘だ。軽く会釈をして二人は部屋を出た。隣の部屋は床板が剝がされていた。本堂に続いて反対側の僧房に足を運んだが、しんと静まり返っており、誰もいなかった。

　寝倉が見つかったので一安心。踵《きびす》を返し、吉原へと戻ることにした。日本堤を真っ直ぐ歩くと、柳が目に入る。吉原から帰る客が振り向きながら見るので『見返り柳』と呼ばれている。水茶屋がずらりと並んでいるのが見える。

「若旦那。そこが吉原ですか」

「ここから吉原は見えないよ。水茶屋でいろいろと案内をしてくれるんだよ。それにしても若旦那はよしとくれ。もう店は無いし若旦那でも何でもない。小兵衛でいいよ」

「分かりました。若旦那」小兵衛が優しい眼差しを向けるとすぐに言い直した。

「じゃあなくて小兵衛様」

「様もよしとくれ。ただの小兵衛でいいよ」

「そうですかぁ。じゃあ小兵衛……さん」

　清吉にしてみれば、今まで可愛がられてきただけにかなり言い難《にく》そうだった。

「浅草寺の縁日を思い出しますねぇ」

「そうだねえ、去年お前と歳末市に行ったよなあ。それにしても、一年も経たないうちにこの有様だ」

　両手を広げて身なりを見せた。

柳を右に曲がると、そこからは緩やかな『衣紋坂《えもんざか》』が続き名前も五十間道《ごじっけんみち》と変わる。

突然後ろから声が掛かった。

「あら、若旦那。お久しぶり」

時々利用していた茶屋の娘だ。高く澄み通った声なので姿を見なくてもすぐに判《わか》る。

普段なら顔だけでも出すのに、気落ちしていたのか、気付かずに素通りしようとしていたのだ。気を取り直すと、いつものように、遊び人の陽気な顔に戻した。

「やあ、お千代ちゃん。相変わらず綺麗だねえ」

歳は十七。誰にでも愛想が良く、笑顔を絶やさない、この通りでも有名な美人で五十間小町とか、それを縮めて十間小町とか呼ばれている。

「着物が随分と汚れていますがどうかなさいました？」

「いやぁ、今度の大火事で家が丸焼けになってしまったよ」

もうすっかり諦めているので、明るく答えた。

「またご冗談ばっかり」

「これが冗談を言ってる顔に見えるかね」

「ええ、いつもと同じですよ」

明るい笑顔の小兵衛を見れば、千代だけでなく誰でも信じないだろう。

「お姉さん。それが実は本当なんですよ」

清吉が口を挟んだ。

「こちらの方は」

「清吉と言って、家《うち》で働いていた丁稚《でっち》だよ」

「よろしく。千代と言います」

「寛永寺が焼けたって知ってる？」

「ええ、それは聞きました」

「家はその近くだろう。仏様も火事を防げなかったんだよ。親父《おやじ》も行方《ゆきかた》知れずでね」

千代の顔色が急に暗くなり、声の調子も落ちた。

「これは悪いことを言ってしまいました。済みません。さぞ大変でしたでしょう。そんな大事な時にこんな所へ来て大丈夫なんですか」

「大丈夫も何も、寝る所さえ無い有様だよ」

「そうなんですね。可哀想に。で、これからどうなさるお心算ですか」

「とりあえず吉原で牛太郎《ぎゆうたろう》にでもなれたらいいかなってね」

妓楼で働く男の人のことを「若い者」とか「若い衆《し》」と言う。年をとっていても「若い者」である。「妓夫《ぎゆう》」とも言うが中には「妓夫」の「太郎」で「牛太郎」と呼ぶ者もいる。

「良《い》い仕事でも見つかるといいですね。まあ、お茶でも召し上がっていってください」

「そうしたいが、今は一文でも大切な時だから」

「そう言わずに。苦しい時は相身互い。お金なんて要りませんよ。その代わり出がらしのお茶だけですよ」

「ありがとう。じゃあそうさせてもらうよ」

店の前はお客で一杯だ。側《そば》で立って待っていると、客の話し声が自然と耳に入ってくる。

紀伊國屋《きのくにや》文左衛門の話のようだ。寛永寺の造営で大儲《もう》けをしたばかりなのに、また今度の大火で儲けしようとしているとか、対応の素早さがやはりただ者ではないとか、吉原で何度か遊んでいるので、仕事が一段落すると立ち寄るのではないかとか、終《しま》いには今度の大火の火付けをしたのではないかという話まで飛び出してくる有様だ。全く口さがない。

千代が茶を出すと、二人は立ったままゆっくりと味わった。一息ついたところで礼を述べ、目的地へ向かって歩み始めた。

大きく「く」の字になっている。そこを曲がると、やっと大門《おおもん》が見えてくる。大門の向こうが吉原だ。五十間道の両側にある茶屋を尻目に吉原を目指した。

門の向こうは、近くの大火など全く他人事《ひとごと》のような賑わいだ。四十年ほど前の振袖火事と呼ばれる大火がきっかけで、人形町からこちらに無理矢理移転させられたわけだが、それが功を奏してか全くの無傷だ。当時移転に反対していた人たちの大半は鬼籍に入っていたが、数人の老いた楼主《ろうしゅ》は『人生、塞翁が馬』とでも思っていることだろう。門の前に来ると賑わいも一入《ひとしお》だ。

と思ったら、どうやらそうではなさそうだ。お金を払えだの払わぬだのと揉《も》めている。

「うちの太夫は昼見世には出ないことになっております。そう申し上げたではございませんか。いきなり名指しされても困ります」

因襲《しきたり》もあまり弁《わきま》えずに出てきた田舎《いなか》侍のようだ。四十近くの侍は、目当ての花魁《おいらん》がいなかったので金を払わないと怒っている。若い者の方は、散々飲み食いしたあげくに苦情を言われてもと必死だ。酔っているので手がつけられないと困っている。よくある事で、いつもなら大門横にある番所へ駆け込むのだが、今は一人もいない。火事や火事場泥棒などの対応で各地に駆り出されているのだろう。諦めるしかないという顔つきだ。

事情が分かると、正義感の強い小兵衛は、何とかしてやりたいという気持ちになった。さてどうするか。

二年ほど前、ここ吉原の幇間に余興として掏摸の手口を教わったことがある。それを試してみようと思いついた。いろいろと考えている間に、四十侍は金を払わず堂々と大門を出ていった。相手は侍である。下手《へた》をすると無礼討ちに遭わないとも限らない。それに後ろから追いかけることになるので掏るのは少し難しい。そんな方法は聞いていない。ここは思案のしどころだ。言い訳や、やり方を思い描いた。ある程度の目途《めど》がつくのにそれほどの時間は要しなかった。仮に失敗しても相手は酔っ払いだ。何とか切り抜けられるだろうと、軽い気持ちで決心すると、清吉にはここでしばらく待つように言った。

尻端折《しりつぱしよ》りをして駆けだし、ドンとぶつかった。

「あっ、お武家様。大変な粗相をしました」前に立ちはだかると続けた。「誠に相済みません。何しろうちの嬶《かかあ》が産気づいたというものですから、つい慌ててしまいました」

大名行列でも産婆は横切ることが出来た。もちろん小兵衛は産婆ではないが、少しは考えてくれるだろう。しかし、そんな考えを思いつかせる暇も与えず「先ほど知らせがありまして……」と、どんどんと捲《まく》し立てた。埃《ほこり》を払うように躰《からだ》のあちこちを触りながら、その隙に左手を懐に忍び込ませ、人差し指と中指でしっかりと財布を挟み、自分の袂《たもと》に放り込んだ。

「大変申し訳ありません。お詫《わ》びの印です」

そう言いながら自分の財布を懐から取り出し、小銭四、五枚を手に握らせた。酔っている所為《せい》もあるが少し呆れ顔のようだ。早口でいかにも慌てているようにしゃべりまくり、一言も口を挟ませなかった。

「とにかくこれでご勘弁を」

そう言うとさっさと走り出した。一曲がりし、千代の茶屋まで来ると、中に入り込んで、匿《かくま》ってもらった。

暫くして遠くから「掏摸だあ」という叫び声が微《かす》かに聞こえた。

荒い息が収まると、財布の中身を確かめた。十両もある。初めから詐《た》欺《か》る気ではなく、本気でお目当ての花魁を呼ぶつもりだったのだろう。

例の侍が近づいてきた。とぼとぼと歩いている。相当に気落ちしているようだ。店の中からそっと覗いて、通り過ぎるのを静かに待った。

姿が見えなくなると顔を出し、財布から一両取り出した。

「お千代ちゃん、迷惑をかけたね。これ、取っときな」

「えっ、そんな大金受け取れません。一体どうしたんですか。寝る所もないと言ってた人が」

「うん、ちょっとね。悪い奴から失敬したのさ」

「まあ。そんなお金なら、なおさら受け取れません」

「それもそうよな」

潔く財布に戻し、懐に入れた。

吉原に戻ると、侍が飲食した妓楼を清吉に訊いた。

「若い衆は三浦屋に入っていきました」

三浦屋と言えば吉原で一、二を争う大きな妓楼だ。昼見世も終わり、遊女たちはみんなのんびりとしていた。楼主を呼んでもらうと用件を言った。

「先ほどの侍から財布を預かってきました。丁寧に詫《わ》びを入れて支払いをして欲しいとの言伝《ことづて》です。如何《いか》ほど支払えばよろしいでしょうか」

「支払っていただけるんで」

少し怪訝《けげん》そうな顔つきだ。付き人でもない人に頼む筈もないがと思っているのだろうが、支払ってくれるというのだから文句を言うこともない。

「飲んで食べて少しお遊びになっただけですから、一分もいただければ結構です」

「そうですか。分かりました。それから、握り飯を六人前おねがいしたいのですが……」そう言って一両を取り出した。「余りは迷惑料としてとっといてください」

「そうですか。それではお言葉にあまえて」

楼主はてきぱきと指図をした。小兵衛は清吉に向かって、

「お前は握り飯が出来たら先に荒れ寺へ帰ってくれないか。私はもう少しやることが

あるので。頼んだよ」

　そう言い残して先を急いだ。例の侍に追いつくのに、それほど時間はかからなかった。

「お武家様。先ほどは大変失礼をしました。家の嬶も大袈裟でいけません。行ってみたらケロッとしてましたよ。今朝、痴話喧嘩をした腹癒せの意図《つもり》でしょう」

　不信感を抱かせる前に懐から財布を取り出しながら矢継ぎ早に捲し立てた。

「ところでこれはあなた様の物でしょうか」

「おお、まさしく。てっきりお前に掏られたと思っていたが……」

「大門の所に落ちていました」

「そうか。若い者と言い合ってるうちに落としたのだろう。申し訳ないことをした」

「いえ、どういたしまして。ところで大変申し訳ないのですが、あなた様の物だと思いましたので、この中から、遊興代として三両ほど支払わせていただきました。お怒りとは存じますが、ご容赦の程を」

「三両もか」

　少し高すぎると思ったのだろう。目が少し吊り上がった。どれだけ飲み食いして遊んだかは判らないが、因襲も知らない田舎侍だ。それが相場だと言えば納得顔をした。

「お武家様は会津藩の方で」

「いかにも左様じゃ。どうして判った」

「へえ、それはもう蛇《じゃ》の道は蛇《へび》と申しまして」

隠そうとしている訛《なまり》は隠せるものではない。それに下緒《さげお》の掛け方でもそれとなく判る。しかし、訛りのことを口に出せば気分を害されそうなので、説明は避けた。

素性を悟られたと思ったのか急に態度が柔らかくなった。

「済まぬ。悪気があったのではない。どうかこの事は内密に願いたい」

「そんなことは、とうに解《わか》っています。ですから支払いを代わりにして参りました」

侍は財布から一両を取り出し、小兵衛に渡した。藩の者からも「お前は酒癖が悪いから外では一人で飲むな」と言われていたらしい。参勤交代で江戸に来ているのだが、吉原にはどうしても行ってみたくなったようだ。財布が無くなっているのに気付き、急に酔いが覚めたのだろう。支払いをせねばと思ったが、その金が無いと途方に暮れていたと言う。

「本当にかたじけない」

そう言い残して、さっさと帰途についた。

二両ほど手間賃として懐に入れ、更に謝礼として一両、計三両頂戴したことになる。三方一両得とは言わないが、そこそこ折り合いがついた。お店は損をせずに済んだ。侍は無銭飲食をしたという不名誉を避けることができた。小兵衛は手間賃として三両をいただいた。落ち着く所に落ち着いたと思っていた。

見返り柳に着くと、清吉の後ろ姿がすぐそこに見えた。

「ご苦労だったね、清吉」

「あっ。若旦那……じゃなかった、小兵衛……さん。どうなりました」

小兵衛は道すがら、事の成り行きを語った。

「それにしても、お侍の懐からよく掏れましたね」

「ああ、あんなに巧《うま》くいくとは思わなかったよ。今度こんなことがあったら、お前も手伝ってくれないか」

「えっ、手伝いですか。私にはそんな技術の持ち合わせがありませんよ」

「なあに、心配することはない。私の後ろについてくればいいんだよ。掏った物をそっと渡すので、お前は何事もなかったかのように通り過ぎ、さっさと姿をくらませればいいんだよ」

「はあ、私が掏摸の手伝いをねえ」

「厭《いや》かい」

「小兵衛さんがそう仰《おっしゃ》るならいたしますが」

小兵衛は笑った。

「冗談だよ。そういう方法もあるという話だよ。聞き流しておくれ」

清吉はすこしホッとした様子だった。

「ところで、この握り飯はひょっとして……」

「ああ、そうだよ。荒れ寺の住人用だ。随分と窶《やつ》れた顔つきだったたからな。きっと炊き出しにも行ってないのだろう。教えてあげるといいよ」

二人の表情は、今後の生活が全く気にならないかのように明るかった。

荒れ寺に戻ってみると、若い夫婦はいなくなり、替わりに十歳前後の兄妹《きょうだい》がいた。坊主の娘が囲炉裏に火をつけていた。少し寒くなったのだろう。

「済みません。少し休ませてください」

誰の寺でもないことは判るが、一応言葉をかけた。壁際に座ると清吉に握り飯を広げさせ、兄妹を手招きした。

「お腹が空《す》いてないかな。よかったらお食べ」

そう言いながら差し出した。兄は屈託もなく丁寧にお礼を述べ、妹にも促した。妹も素直にそれに従った。

「そちらさんもどうですか」

小兵衛は坊主にも声をかけ、近寄った。

「ご親切にどうも。有り難く頂戴いたします。お前もこっちへおいで」

坊主は小さな声で念仏を唱えた。その低くて響きのある声音《こわね》は正しく僧侶のものだった。六人は囲炉裏を囲んで少し早い夕食を頂いた。

長四角の囲炉裏だ。短い方の二カ所に筵《むしろ》が敷いてある。長い方に子供達と坊主夫婦が座っているので、小兵衛は清吉と向かい合って筵に座った。何だかチクチクする。筵の所為かなと思って、捲《めく》ってみると、床板が折れたようになっていた。坊主は娘の方を指さした。

「これが寒いというもので、私が急拵《ごしら》えで作りました。何せ道具が無いものですから、床板を折ったのでこのような無様な囲炉裏になりました。痛いようでしたら、こちらへどうぞ」

少し座をずらして、席を空けようとしたが、理由が解れば、座り方を少し工夫するだけで済む。

「いや、それには及びません。清吉はどうだ」

「はい、私も平気です」

「そうですか。では」

坊主は、席を戻して座り直した。

「庫裏の隣の部屋に囲炉裏があるので、珍しいなと思ったのですが、そういう訳でしたか。ところで、お坊様のお寺も焼けてしまったんでしょうか」

「まあ、そんなところです」

「今度の火事は大変でしたね。吉原の番所も出払っていましたよ。坊や達も焼け出されたのかね」

「逃げ出す途中で、おっ父《とう》と、はぐれてしまいました」

「そうかい。可哀想に。今までずっと捜し歩いてたのかね」

「ええ、でも全然見つかりませんでした」

「じゃあ、お兄さん達が捜すのを手伝ってあげよう」

小兵衛は握り飯を食べながら二人の素性を詳しく聞いた。囲炉裏の炎が燃え盛ると寒さも少しは和らぐ。

「お坊様はこれからどうなさるお心算で……」

「これと言って当てはありません。この荒れ寺に住み着こうかと考えているところです」

「そうですか。それはいい考えかもしれませんね。このお寺もきっと喜ぶでしょう」

小兵衛は自分の身の上話をし、坊主にも話を振ったが、話したくないのか巧くはぐらかされた。自分たちばかり話すのでは興がない。何度か話を聞き出そうとしたが、口数は少なかった。名前は日慶《にっけい》、女性は娘ではなく嫁のよね。随分と年の差がある。

火事をこれ幸いと、妾と逃げ出したのではと考えられなくもなかった。

そのうち子供達はその場に寝転がり、すぐに寝付いた。歩きくたびれたのだろう。

それを機に小兵衛も話をやめた。

黒子

　翌朝、目覚めると清吉に小銭を持たせ、近くの農家へ走らせた。

「大黒さん。もうすぐ握り飯が手に入ると思いますので、この部屋の掃除をお願いできますか」

　この辺りでは住職の嫁をそう呼んでいる。台所の神様のことらしい。坊主がこのお寺に住み着くとなれば、その嫁を「大黒さん」と呼んでもいいだろう。小兵衛の祖父は「儂《わし》の小さい頃は一日二食だったのに、いつの間にか三食食べるようになってしもうた」と口癖のように言っていた。それも大火が原因だと言うから不思議なものだと思わずにはいられなかった。

「掃除と言われても……」

「ああ、そうですね」掃除道具がないのだ。「じゃあ、せめて片付けだけでも」

　井戸があるので水には困らない。鍋釜はあるがとても使えた代物ではない。小兵衛も当分はここに住み着く心算だ。子供達も両親が見つかるまではここにいた方がよい。包丁やお椀なども揃える必要があった。だんだんと寒くなる。布団も必要だ。あれこれ考えていると清吉が握り飯とたくあんを手にして戻ってきた。

　昨日《きのう》まで憂鬱そうな顔だったが、昨日今日の握り飯でみんな少しは元気が出たようだ。坊主夫婦、兄妹と一緒に賑やかな朝餉《あさげ》になった。無口な坊主に向かって話しかけた。

「お坊様はここに住み着くと言われましたが、私らもその心算です。ここで生活が出来るように準備をしますのでよろしくお願いしますよ」

　坊主は有り難いことだと念仏を唱えた。

　食事が済むと、兄妹に言い聞かせた。

「昨日も言ったようにお兄さん達が捜してあげるから、食事時には必ずここに戻っておいで」

　そう念を押して出かけた。清吉には金を持たせて買い物へ行かせた。小兵衛は柳の下にドジョウはいないだろうと思いながら、吉原へ出かけた。大門横の番所には、四十そこそこだろうか、優しい目つきの役人が早々と出張っていた。廻《まわ》り方同心だろうか、十手袋のような物がちらっと見えたが、いつもの調子で気安く話しかけた。

「おはようございます。今日も良いお天気で」

「昨日は火事の後始末に駆り出され、今日は吉原へ行けと全く人使いが荒くて困ったものだ」

「お役人様も大変ですね」

「何でも昨日、ここで食い逃げがあったという話だ。今からその取り調べだ」

思った通り同心だった。

「ご苦労なことで。ところで、紙と硯《すずり》をお借りしたいのですが……」

「どうするのだ」

兄妹の事を話し、尋ね人の張り紙を出したい旨を説明すると同心は、

「それは殊勝なことだ」と、下っ引に紙と硯を用意させた。「昨日は儂らも尋ね人捜しじゃ。と言っても罪人じゃがな。これがその人相書きじゃ」

懐から紙切れを取り出した。

「深川妙栄寺住職日泰《にったい》。身の丈五尺二寸（約一五六センチ）。歳は四十二。鼻筋通り、顔色青白く、少々太り肉《じし》」

「それから？」

「それだけじゃ」

「似顔絵みたいな物は？」

「そんなものある訳なかろう」

「たったそれだけで、どうやって捜すのです」

「先ずは親類縁者を探《あ》たるのだが、これが分からぬときているからどうしようもない」

「どうして、お捜しで」

「実は先日の大火の折りに伝馬町で牢の解き放ちがあってな、そのまま帰って来ぬのじゃ。帰って来なかったのはこの日泰だけで、みんな血眼になって捜しておる」

その時、寺にいた僧の顔がちらと浮かんだ。

「牢に入っていたとすると、柿色の股引に袖無しの法被《はっぴ》でしょうか」

「ほう、詳しいのう」

「そりゃあもう、遊び人ですから」

間違いないと思ったが、もう一人の娘が気になる。小兵衛は失礼して部屋に上がり、墨を摩《す》り始めた。

「その住職はどんな罪を犯したので」

「はっきりしたことは分からぬが、帰ってきた者達の話によるとどうやら女犯《にょぼん》らしい」

「捕まればどうなります」

「女犯は大罪じゃからのう。その上、解き放ちを良いことに、そのまま戻って来ぬのだから死罪は免れまい」

「左様で」

摩り終わり、書き始めようとした時、誰かやってきた。

「これはこれは、加賀山様。ご足労痛み入ります」

「おお、三浦屋か。ちょうどそちらへ出向くところじゃった。早速話を聞かせてもらおうか」

　頭の上を話し声が素通りした。すぐに自分の話だと気付いたが、他人《ひと》の物を掏ったのだ。勿論、掏ったということに気付いた者はいないと信じているが、あまり関わりたくないので尋ね人の張り紙を書くことに集中した。三枚書き上げて顔を上げた時、三浦屋と目が合った。

「加賀山様、こちらの方ですよ。届けてくださったのは」

「ほう、左様か」加賀山は向きを変えた。「失礼ながら、お名前を聞かせてもらえまいか」

　一息ついていたので、その声が脳裏に届いた。

「私ですか」

「左様じゃ」

「小間物屋の小兵衛と申します。もっとも、火事で焼け出されて今は無職ですが」

「昨日、そこもとがこの三浦屋に食い逃げの代金を届けたと言うが、間違いはないか」

「はい、間違いございませんが、決して食い逃げなどではありません。ちょっと酔っていて失念しただけでございます。酒癖が悪いものですから」

「その侍とはどのような関係かな」

「あのお侍様は会津藩の方で、参勤交代で来られています。いいお得意様で、よく存じあげております。酔いが少し覚めたところで吉原の因襲をよくよく説明すると、了承してくださり、私に財布ごと渡してくださいました。支払いを済ませると、急いで後を追いかけ、残りをお返しして参りました」

口からの出任せを交えて、淀みなく説明した。

「左様か。委細承知した。ご苦労、ご苦労。三浦屋。小兵衛に礼を渡したか」

全く疑いを抱いていない様子に安堵《あんど》したが、表情には全く出さなかった。

「あっという間にいなくなったので、お礼ををする間もありませんでした。どうもありがとうございました」

そう言いながら、小銭を渡そうとした。既に侍の財布から礼金をくすねていたので、それ以上は必要ないと思い、

「当たり前のことをしたまでで」

と固辞した。そして少し気になることを訊ねた。

「加賀山様。その人相書きの住職ですが、女犯の相手というのはどういう方で」

「許嫁《いいなずけ》の相手から申し立てがあったのじゃが、その女もいなくなってしまったらしい」

呉服問屋の一人娘で名前はよし。歳は二十二で、口元に黒子のある、近隣では評判の美人だそうだ。祝言の打ち合わせをしながら、みんなで食事を楽しんでいたところ、

運悪く、今回の火事に出くわしたと言う。あるまいことか、男は火事の際に、その女を見捨てて、我先にと急いで逃げ出したらしい。男はそうは言っていないが、聞き込みをしたところ、どうもそうらしい。取り残された女の方は逃げ遅れたのかも知れぬと、みんな諦めているようだ。

坊主の人相に、娘の人相。荒れ寺の父娘に違いない。いや、年の差があるので父娘だと思ったが、駆け落ちした夫婦というところだろう。この同心に教えて捕らえてもらうこともちらと考えたが、止《よ》すことにした。捕まればよしは許婚の男に嫁ぐことになるだろう。しかし、自分の命欲しさに許嫁を見捨てていくような、風上にも置けぬ奴だ。そんな男に嫁がせるわけにはいかない。第一、あの坊主に対する甲斐甲斐しい態度は、案外惚れているのかもしれない。二人の関係をもう少し見極めてから決めてもいいだろうと思った。

もう一度人相書きを見せてもらい確認してから両国へと向かった。兄妹が住んでいた所だ。

張り紙を済ませ、ふと仏具屋を覗いてみると、僧服が目にとまった。牢から逃げ出したままの着物ではどうしようもない。

「宗派は何でございます」

「さあ、私にはさっぱり」

「お念仏は何と唱えています」

「南無妙法蓮華経です」

「さようですか。では、こちらも如何《いかが》ですか」

木魚は知っているが、勧められた物は初めて見た。何でも木柾《もくしょう》と言う物らしいが、店主の話を聞いていると、和尚に任せた方が良いと思い、安物の着物のみを買い求め、荒れ寺へ戻った。

「日泰様。これをお召しください」

そう言って僧服を差し出したが、呼ばれた坊主は、

「これは有り難い」

とのみ言った切りで、うやうやしく受け取った。

「日泰様ですよね」

念を押すと、坊主は観念したのか、小さく肯《うなず》いた。

「捕り方はもう来ましたか」

「いいえ、まだ来ていません」

「そうですか」

力ない返事は、捕まるのも時の問題と諦めていたのだろう。

「大黒さんはおよしさんですね」

「そうです。しかし、よしに罪はありません。どうか見逃してやってください」

　そう言って事情を話し始めた。

　一年ほど前、檀家《だんか》の娘であるよしが日泰に相談があると言ってきた。許婚がいるが、博打《ばくち》をするは、女を買うはで大嫌いだと言うのである。しかし、双方の親が望んでいたのでよしにはどうすることもできなかった。お金の問題もあり、早く祝言を挙げたいと日取りも決まった。日泰は我が娘《こ》のように可愛がり相談に乗っていたが、次第に恋愛感情に変わっていった。よしも同様だった。年の差はあるが、これだけはどうしようもない。

　祝言の日が近づくにつれ、次第に嫌気が増し、よしはとうとう日泰の所へ逃げてきた。それを相手は、日泰が許嫁を犯し、寺に連れ帰ったと訴え、あえなく捕まったという次第だ。双方の親が日泰を悪者扱いするので、いくら言い訳をしても通らなかった。そして牢獄行きが決まったのである。

　たまたま大火でお解き放ちがあり、一時的に寺へ戻ろうかと思ったが、よしのことが気になり急いで様子を見に行った。呉服屋を覗いていると、出来るだけの荷物を大八車に詰め込み逃げ出すところだった。式の段取りの相談でもしていたのか、許婚の顔も見えた。みんなが必死で逃げ出しているその一番後ろをとぼとぼと歩いているよしを見つけ、みんなと反対方向に連れ去ったと言う。

空腹から解放され、元気が出てきたよしは荒れ寺の片付けに一所懸命だ。その嬉しそうな姿を見ていると、日泰の話はまんざら嘘ではないようだ。いや、きっとそれが真実だろう。役人に突き出すのは酷なように思えて仕方がなかった。それで、話を聞かなかったことにした。むしろ、日泰、よしの二人が見つからないようにしなければとさえ思った。日泰の顔を見知る者がいれば話は別だが、あの人相書きだけからでは日泰と特定できることはまずできない。しかし、口元に黒子のあるよしと一緒となると話は別だ。発露《ばれ》るかもしれない。そこで一計を案じた。

一刻《とき》（約二時間）ほどすると清吉が大八車に一杯の荷物を積んで戻ってきた。鍋釜を始め、食材を見つけたよしの顔が自然と綻んでくるのが判った。

小兵衛はよしを呼び、口元を睨《にら》んだ。

「そんなにジロジロ見つめないでくださいよ」

遊び呆けていた時に、香具師《やし》から黒子を取る方法をお金と引き替えに教わったことがある。それを思い出しながら、取れる黒子かどうかを見定めていたのだ。

「その黒子を取ってもよろしいですか」

「どうして」

「それがあるとすぐにおよしさんと面が割れてしまいます。だからそれを取っておよねさんに変わるんです」

「そんなことが出来るんですか」

「出来るかどうかはやってみてからの話です。じゃあ、よろしいですね。日慶和尚もよろしいですね」

日泰は日慶と呼ばれたことに少し戸惑った顔をしたが、手助けをしてくれると判ったのだろう、快く了承した。

布に酒を浸し黒子に当て、しばらくして「えいっ」とむしり取り、痕を綺麗に拭き上げた。見様見真似で教わった通りにやったが、一回でこれ程上手《うま》くいくとは思ってもみなかった。

「おお、黒子が取れた」日泰は飛び上がらんばかりに喜んだ。「これではよしとは言えまい。鏡が無いので見せられないが、触ってごらん」

小兵衛は慌てて遮った。

「ここ一刻ほどは触らぬ方がよいでしょう。後でゆっくり確かめてください。これでおよねさんの誕生だ。外に出ても大丈夫でしょう」

よねは有頂天になって喜び、日慶は有り難いことだと念仏を唱えた。

女衒《ぜげん》

翌々日の昼過ぎ。貧しい態《なり》をした百姓らしい男が寺へやってきた。張り紙が功を奏したのか、自分の子供らしいと言う。二人は遊びに出かけているのか、親を捜しに出歩いているのか、ここにはいないのでみんなで探したが、すぐには居場所が分からなかったので、夕方出直してもらうようにした。

小兵衛はいつものように吉原へ出かけた。先日の加賀山が番所にいた。

「今日もご苦労様です」

「最近、人攫《さら》いが多くてな。先日来の大火で焼け出された子供達が見当たらぬと届けがあり、ひょっとして人攫いにでもあったのではという噂も流れておる」

「人攫いですか」

「吉原へも最近、女衒が何度も行き来しておってな」

吉原には、専属の女衒がいる。口減らしや借金のため、我が子を売りに来る者がいるが、どれだけの価値がある子供かを見定め、値を決める役である。しかし、専属の女衒とは別に潜《もぐ》りの女衒もいる。直接楼主と取引をする輩《やから》だ。きちんと証文を入れ、金銭を支払って買い入れた子供ならいいが、掠《さら》ってきたとなると話は別だ。

「まあ、今のところ、証文もあり、きちんと手続きをしている娘《こ》ばかりだから手出しは出来ぬ」

「そりゃあもう、加賀山様のような凄腕がいれば人攫いの出番はございませんでしょう」

よいしょも巧いが、相手にそれと気づかれないように言うのも実に上手かった。

夕方、荒れ寺に百姓が嫁と同伴でやってきた。しかし、ここ数日で荒れ寺とは言わせないほどにこざっぱりとしてきた。雨漏りの修理は清吉が頑張った。小兵衛は「人攫い」というのが気になったので親子であることをしっかりと確認した。再会は涙ぐましいもので、間違いなく親子であることが判り、安心して引き渡した。日慶も「これも仏様のお導きじゃ」と喜んだ。

翌昼過ぎ、涙の跡を一杯残したまつがやってきた。昨日引き取られた兄妹の兄である。

「どうしたんだい。おうめちゃんは……」

「うめが人買いに連れて行かれた」

まつの泣き汚れた顔から更に涙が流れ落ちた。父親が紙切れと小判数枚を手にすると、うめを引き渡したようだ。要するに人買いだ。しかし、親が承知で売り買いをしたのだから文句は言えない。正当な売買である。

吉原へ娘を売る場合、親兄弟が直接交渉しなければならない。人攫いから買うわけにはいかないからだ。そこで潜りの女衒は「この娘《こ》の親だ」と偽って売るのである。証文なぞはあってても同じ事。偽物はいくらでも作れる。子供が「知らないおじちゃん」と言えばそれまでだ。

「そうか。可哀想になあ。それは何時《いつ》の事だい」

「さっき。うめはそこを歩いてる」

外を指さしたので、急いで表へ出た。誰とも知れぬ男に手を引かれているうめの姿がすぐ目に入った。まつは別れが辛くて、ここまで後を追ってきたのだ。

寺に戻ると「お兄さんに任せときな」と言って清吉を呼び、耳打ちをした。

「えっ。私がですか」

「他に誰がいる」

「そりゃあ、そうですが」

「心配するな。絶対に上手くいくから」

二人はうめの後を追った。数日前は侍が酔っていたので、多少の失敗はあっても感づかれる心配は少なかったが、今度の相手は少し手強い。十分に懐から気を逸らせる必要がある。さもなくばどんな名人も気づかれずに掏ることはできない。小走りに追いかけ、追い抜いた所で急に振り向いた。

「おや、おうめちゃんじゃないか」

女衒は急には立ち止まれなくて、ぶつかった。その瞬間、懐から財布を抜き取った。懐に手を入れるのとぶつかる時が少しでもずれれば感づかれる。しかし、小兵衛は実に巧くやりのけた。そして打ち合わせ通り、横を通りかかった清吉にそっと手渡した。

「このおじさんは、誰」

しゃがみこんで、うめに話しかけた。

「知らないおじさん。おっ父《とう》が、綺麗な着物《おべべ》を着せてもらえるから一緒に行きなさいって言ったの」

「おうめちゃんはこの人と行きたいの」

うめは首を横に振った。しかし、父親の言う通りにするしかないと、この年で理解しているようだ。

「じゃあ、お兄さんが、おっ父に話してあげるね」

そう言うと、立ち上がり女衒に面と向かった。

「そういう訳で、この子はあっしが預からせて頂きやす」

「何を言う。この若造が」

「へえ、若造で悪うござんした。私はこの子の知り合いで、親父さんと話をつけますんで、もらっていきやすぜ」

　こういう時は、べらんめえ調がいい。上手に使い分ける必要がある。

「そうは、いかねえ。こっちは金も払って証文も交わしてるんだ。誰にも文句は言わせねえ」

「証文を交わしてるんですか。それじゃあ、仕方ありませんね」ちょっと考えた振りをした。「その証文とやらを見せていただけやすか」

　女衒は勝ち誇ったように「いいとも」と言って懐に手を入れた。あちこち探すがどこにもない。狼狽《うろた》えていた。

「どうかしやしたか」

　澄まし顔で言った。女衒は慌てふためいてあちこち探すが、やはりどこにも見つからない。その挙げ句、口角泡を飛ばして怒鳴った。

「さては貴様、掏りやがったな」

　ここは吉原への通り道。人通りも多い。数人が何事かと成り行きを見守っていた。

「旦那。ご冗談はよしてください。皆さんが見てやすぜ」

「さっきまであったんだ。ぶつかってきたお前が盗んだに違いない」

女衒は目を吊り上げた。それとは反対に小兵衛は平静を装っていた。

「じゃあ、あっしの体を調べやすか」

女衒も引くに引けなくなったのか、自信たっぷりだ。この場から逃れるための画策に違いないとでも思っているのだろう。

「おお、そうさせてもらおうじゃないか」

「もしも、何も出てこなかったら、どうなさいやす」

女衒はちょっとためらった。考えがまとまる前に小兵衛は続けた。

「証文がなければ、人攫いと言われても仕方ありませんが……。その時は番所へご同道願ってもよろしゅうございますか」

潜りの女衒ならば番所へ行くのは困る。野次は事の成り行きを興味深く見守っていた。返答を渋っていたので、条件をぐっと緩めた。

「番所がお嫌いなら、腰に差しているその煙管《きせる》と根付けを頂くということでもよろしゅうございやすが」

長さが一尺五寸（約四五センチ）近くはありそうな喧嘩煙管だ。財布は無いし、持ち物はこれしかない。それ程高価な物でもないと思ったのか、すぐに了承した。

「じゃあ、脱いでもらおうか」

小兵衛は辺りを見回し、恥ずかしそうに一枚一枚脱いでいった。

「旦那、この褌《ふんどし》も脱ぎやしょうか」

褌に財布を隠す場所はない。もし「脱げ」と言われた時の覚悟を決めたが、女衒は根付けのついた煙管を投げ捨てるようにして、

「畜生、どうなってやがるんだ」

と、捨て台詞《ぜりふ》を残して急いでこの場を逃げ出した。

「みなさん、見世物は終わりました。投げ銭をお願いしますよ」

もう気持ちは商人に戻っている。群衆もすぐに散り散りになった。

小兵衛は着物を纏《まと》うと、うめと一緒にゆっくりと歩き出した。清吉の姿はどこにも見当たらない。計画通りだ。

寺に戻ると、清吉とまつ、それに日慶、よねが待っていた。

うめが一緒なので訊くまでもないが「首尾はどうでした」と不安顔は隠せなかった。

「どうって事はありませんよ。清吉。この兄妹を家まで送ってくれないか」

そう言って、四人で寺を出た。表へ出ると黙って手を出した。清吉もさっと財布を渡した。

「清吉。じゃあ頼んだよ」

そう言って三人を見送った。財布の中には証文と二両ばかりが入っていた。あと二両は出してもよいという心算だったのだろう。だいぶ買い叩いたようだ。小兵衛は

「うう、寒っ」と言いながら囲炉裏に火をつけた。しばらくして薪に火がつき炎が大きくなったところで、証文の入った財布をその中に投げ入れた。それを見ていた日慶は燃えだした財布を一瞥しただけで、黙って本堂へと向かった。

掏摸

九月も半ばを過ぎると桜の葉も色づき始める。天気がいいので、吉原へ出かけることにした。見返り柳が間近に迫ってくると、次第に人通りも増えてくる。そこへ突然、怒鳴り声が聞こえた。

「掏摸だあ。そいつを捕まえてくれ」

十五、六の若者が走ってくるのが見えた。足は速いが、これだけの大声で叫ばれれば捕まるのは時間の問題だ。自分もひょっとするとこうなっていたのかもしれないと思うと、何とかしてやろうと決めた。そこで自ら捕まえることにした。両手を大きく広げ、若者の行く手を阻んだ。どんどん近づいてくる。ぶつかる寸前、若者はさっと躱《かわ》してすり抜けようとしたが、逃がす訳にはいかない。足をすっと出して引っかけた。ごろんと倒れたので取り押さえるようにしゃがみ込み、盗んだ財布を抜き取った。そこへ四十前後のやさくれた男が息を切らしながら追いついてきた。

若者の手を取り立ち上がらせ、ちょっとふらついて男にぶつかった。その瞬間、財布を男の懐に戻した。

「おっとすみません」一言謝った。「この男が旦那の財布を掏ったんで」

「そうだ。よく捕まえてくれた。助かったよ」若者に向き直ると「太《ふ》てえ野郎だ。さっさと財布を出しやがれ」

若者は観念した様子で懐に手を入れた。あちこち探すが見つからない。小兵衛は澄まし顔で言った。

「旦那、無いようですよ。何かの間違いじゃないですか。もう一度ご自分の懐を確かめたら如何です」

「そんなことがあるもんか」

そう言いながらも懐に手を入れた。すると少し奥の方から財布を取りだした。

「あっ、あった。こいつぁ済まねえ」

男は平謝りした。するとさっきまでしょんぼりしていた若者が、急に元気を取り戻した。

「済まねえだと。済まねえで終《す》むかよ。この落とし前はどうつけてくれるんでぃ」

男は財布から幾ばくかの銭を取りだして握らせた。

「どうか、これでご勘弁を」

そう言い捨てて、さっさとこの場を離れた。「この野郎、待て」

若者が追いかけようとするのを、手を摑《つか》んで止めた。

「やめな」

若者は素直に追いかけるのを諦めた。小兵衛は顔を暫く見つめられたが、どうやら合点がいったようだ。

「兄い。どうもありがとうございます。これは、お礼です」

そう言って、さっき貰《もら》った金を全て渡した。

「そうかい。じゃあ、遠慮なく」

悪びれもせず、自分の財布に入れた。

「それにしても凄い早技ですね。いやあ、早技と言うよりは神業ですね。あっしは全然気がつきませんでした」

小兵衛は、自分ではそれがどれほどの早技なのか判らなかった。他人が掏るところを目にしたことがないし掏られたこともないので比べようがないのだ。しかし、この若者は自分と比べることが出来る。それを評したのだろう。

「あっしは安と言いやす。若様のお名前は」

「若様は止しとくれ。私は小兵衛と言います」

「小兵衛兄い、どうかあっしを弟子にしてください」

「弟子？」ちょっと怪訝な顔をして見せた。「一体、何の弟子だい」

「そりゃあ、もう……」

人差し指を曲げて見せた。

「私の知らないことだね」

「そんなこと言わないで、是非お願いしますよ」

小兵衛は素知らぬ顔をして吉原へ向かって歩き出した。

「弟子にしてもらうまで、ずっと付いていきやすからね」

安は小兵衛の後を三歩下がって歩き出した。

「安さん。住まいはどこだね」

「これと言った寝倉はありゃあせん」

思った通りだ。

「火事で焼け出されたのかね」

「まあ、そんなとこで」

食い扶持《ぶち》に困って仕方なく掏ったのだろう。小兵衛も似たような境遇だ。

「じゃあ、私の所へ来るかい」

「そりゃもう、願ったり叶ったりです。よろしくお願いします。師匠」

「師匠はよしとくれ。別に弟子にするわけではありませんから」

「そんなこと言わないでくださいよ」

いつの間にかべらんめえ口調から丁寧な言葉に変わっていた。

途中で安は通りかかった若者を手招きした。ひそひそ話が終わると、その若者はどこかへ去って行った。

衣紋坂まで来ると、安は立ち止まった。ちょっと場違いとでも思ったのだろう。

「あっしはここでお待ち申しております」

「そうかい。じゃあ後で」

吉原は四方を「お歯黒どぶ」と呼ばれる幅二間程（約四メートル）の黒く濁った堀で四角く囲まれており、唯一の出入り口がこの大門である。遊女が逃げ出せないような仕組みになっているのだ。大門を入ると、そこからが吉原で、堀を境に内と外に完全に分けられている。その為、吉原のことを「なか」と呼ぶ者もいる。

裏道から抜け出すということはできない。五十間道を横に逸れ、道なき径《みち》を通って捲くことは出来るだろうが、そこまでする必要はない。第一、「私の所へ来るかい」と言ったばかりだ。面倒をみるしかなかった。

番所に顔を出すと、今日も同心がいた。

「加賀山様。お久しぶりで」

「おお、小兵衛か。相変わらず元気そうじゃのう……お前の尋ね人は見つかったか」

「はい。お陰さまで。無事、親元へ帰すことができました。ありがとうございました」

「別に儂は何もしておらぬので、礼を言われる筋合いはないがの」

「とんでもございません。貴重な紙を三枚もいただきました。あれが無ければ見つからなかったでしょう」

「まあ、そう言えばそうかも知れぬな」

「ところで、あなた様の方のお尋ね者は見つかりましたか」

「いや、まだじゃ。それがのう」

加賀山はただお尋ね者を捜すだけでなく、自分でも確認をしていた。それによると、日慶の言うことが正しかったようだ。

「だから、あまり気乗りがせんのだ」

「そうですか。そんな話ですか。じゃあ、罪はお取り消しに」

「それは無理だな。一度出した証文を引っ込めるわけにもいかんだろう。名乗り出てくれば捕まえるしかないが、さもなければほっとくんだな」

「もし、誰かが『この人に心当たりが』と訴えてきたらどうなさいます」

「その時は『あい分かった』と申して捜査の振りだけでもするかな」

「そうなんですね」

「心当たりでもあるのか」

「いえいえ、滅相もありません。ちょっと訊いてみただけで」

再度のお裁きになれば、女犯の罪は免れるだろうが、その可能性は低い。お解き放ちで戻らなかったので、その罪もある。もし、戻っていれば、罪は減刑され、日慶の場合だと、女犯の刑はかなり軽くなっただろう。しかし、戻らなかったので、再度の吟味もないと言う。それであまり気乗りがしないそうだ。

番所を出て衣紋坂まで戻ると、安の他に同じ年頃の若者が三人加わって話していた。

「兄い。こいつらも、行き場がないのですが、寝るとこだけでもお願いできないでしょうか」

「そうか。仕方ないな。一緒においで」

三人は代わる替わる礼を述べた。

夕食は賑わった。兄妹がいなくなったので少し淋しくなっていたが、その分を安を含めたチンピラ四人が補った。よねには前もって話をしていたので、料理は人数分揃っている。小兵衛は日慶に四人を紹介した。

「急に四人も増えて申し訳ありません。ご迷惑でしょうがよろしくお願いします」向き直って「お前達もお願いしろ」

と催促すると、素直に頭を下げて礼を言った。

「ところで和尚。顔を知る者がいなければ外に出ても大丈夫でしょう。念のため笠をかぶれば、托鉢《たくはつ》も自由です。家に籠もってばかりでなく、そろそろ外に出てはどうです。お役人も捕まえる気がなさそうですよ」

「そうですか。迷惑ばかりかけてもいけませんので、そろそろ出てみますか」

「それがよろしゅうございます。およねさんも黒子がなければ、顔かたちがどんなに似ていても別人ということになりますから、買い物も自由にできますよ。我々の食い扶持分は出しますので、清吉の代わりに食材の買い出しをお願いできませんか」

よねに否やはない。快諾してくれた。

食事が済むとよねは片付けに入り、日慶は本堂に戻り読経を始めた。残された六人は囲炉裏の周りで賑わった。

「上手くやったと思ったんだが、失敗したよ。逃げ足には自信があったんだがなあ」

それを聞いた小兵衛は、すぐに反論した。

「あれだけ大声で叫ばれれば、どんなに逃げ足が速くても捕まるさ。他の者に捕まるよりかは私が捕まえた方がいいと思ったんだ」

「兄いのおかげで助かりました。それにしてもすごい早技ですね。一体全体どうやったんですか」

小兵衛は特に否定をしなかった。

「安はどうやったんだ」

身振り手振りで説明すると、

「そりゃあ、誰だってすぐに気付くさ」

掏摸のやり方を教えてもいいものかどうかちょっと迷ったが、説明することにした。財布を掏る時は、五本の指で鷲摑みにするのではなく、人差し指と中指の二本を使う。指の力が少し要るが、それ程のことではない。正面からすれ違いに掏るならば左手で、後ろからなら右手を使う。着物は右前なので当然の理だ。二本の指でも、懐に入れれば気付かれる。そこで話しかけながら躰を触ることだ。例を示せば、「いい男だねえ」とか何とか言いながら躰を軽く叩き、ぐるぐる回る。要は懐辺りを触られても不自然ではないように仕向けるのだ。そのためには口達者でなければならない。とにかく注意を他の所に向けさせて、何も疑われないような雰囲気を作ることが大切になる。

中身が軽い物であればそのまま二本の指で掏り取る。少し重ければ、少し引き出した後、親指と人差し指で抓《つま》み取る。もっと重ければ、五本とも使い鷲摑みする。十両も入った財布となると、二本の指では難しいが、それを小兵衛は難なくやってのけていた。やはり何か天性のものがあるのだろう。

一番いいのは二人組になることだ。一人が掏って、もう一人がそれを受け取る。受け取った者は、あと先を気にせず、さっさと打ち合わせた場所へ行くこと。事の成り行きを見ようとしてはならない。下手《へた》をすると役人が出張って、野次馬に向かい「全員そこを動くな」となる。そうなると事だ。だから相方はどんなに気になっても、走り出さず黙って普通に歩いてその場を去る。掏摸役は「自分がどこかに落としたのを、この俺が掏ったと罪をなすり付けようとしている」と言うくらいの度胸が要る。もちろん裸になって、何も無いことを示す必要もある。

みんなは感心して聞いていた。

最後に「悪事に使うんじゃないぞ」と無用な説教をした。

煙管

十月も半ばになると、桜の葉は大半が落ちている。小兵衛は今日も吉原へ出かけた。小春日和で実に長閑《のどか》だ。日本堤を歩いていると、百姓らしい人がとても哀しげに歩いているのが目に入った。お節介焼きの小兵衛がいつものように気安く声を掛けた。

「父《とっ》つぁん、えらく元気がないが、どうかしましたか」

男はしょぼくれた顔を辛うじて上げた。

「実は大金を掏られまして」

「へえ、それは災難だったね」

「もう、首を括《くく》るしかありません」

「まあ、まあ。そう言わずに、訳を話してみなさい」

こんな若造に話して何になるとでも思ったような顔つきをしたが、藁をもつかむ気持ちでポツリポツリと話し始めた。

秩父の貧乏百姓で、生活が侭《まま》ならず、とうとう娘を吉原へ売ることになった。娘と引き替えに大金を手にしたところまでは良かったが、その帰り道で掏摸に遭ったと言う。

「で、掏摸の人相は分かるかえ」

「ええ、後から思うと、どうも掏摸は彼奴《あいつ》に違いねえ」

その人相風体からすると、どうやら安のような気がしてきた。やはり教えるんじゃなかったと後悔した。

「分かった。父っつぁん、ここを動きなさんな。うちの和尚に相談して、今後の身の処し方について、何か良い考えがないか訊いてきますから」

とは言ったものの、もし安じゃなかったらどうするんだ。まあその時はその時で何とかなるか。そんな気持ちだった。

戻ると安たちの声が聞こえてきた。

「一と月近く、みんなで練習した甲斐があったというもんだ。案外、簡単だったよ。兄いに教わった通りにやったら、実に巧くいった。どうだい」

「俺たちもこの通りで」

そう言いながら、財布を見せびらかしていた。

入っていくと、みんなは居住まいを正した。小兵衛は厳しい目つきで言った。

「悪事に使うんじゃないと言っただろう」

そうは言ったものの、自分で矛盾を感じていた。生きていくためにはこの方法しかないんだろうなと、自分を含めて思った。

「誰から掏った」

「へい。あっし達は町娘からです」

「安、お前達は」

「へい。あっし達は百姓から」

　小兵衛が百姓の年格好や服装を言うと、不思議そうな顔をした。

「どうして分かったんで」

「神様は何でもお見通しだ。安、それを渡せ」

　しばらくはこんこんと説教をした。貧乏人から物を取ったり掏ったりするな。首を括らせる羽目になる。そうすれば、人殺しと同じだ。どうせ掏るなら、悪徳商人からにしろ。そんな訳も分からないことを言った。しかし、みんなは神妙に聞き入っていた。

「申し訳ありません」

　安は素直に財布を差し出した。

「それから、これは皆に相談だが、掏った物は全て清吉に渡してもらえないだろうか。金が要りような時は、訳を話して清吉から貰えばいい。どうだろう」

「そりゃあもう兄いの言う通りに」

「じゃあ決まりだ。清吉はその中から、我々みんなの食い扶持《ぶち》分をおよねさんに渡してくれないか」

「はい、承知しました」

　みんなは何の疑いも持たず、賛同してくれた。言葉通り食い扶持だと考えただろうが、その実、博打で金を擦ったり、急に金遣いが荒くなり、盗人や盗賊の類いだと疑われることを恐れたのだ。

　安から財布を受け取るとすぐに外へ出た。

　掏られた百姓は為す術《すべ》もなく、地蔵の横にへたり込んでいた。

「ああ、父っつぁん。ちゃんとここに居なすったか。良かった、よかった。もうちょっと待っててくれや。決して変な気を起こすんじゃないぜ」

　そう言い残して、財布を渡さずに吉原へと足を伸ばした。しかし、まだ具体的な方法が見つかってなかったのだ。五十間道に入り、千代の茶屋の前まで来ると、ふと、考えがまとまった。

「お千代ちゃんいるかい」

　千代がいつもの笑顔で出てきた。

「あら、若旦那。いらっしゃい。ちょっと休んでいく?」

「いや、ちょっとお千代ちゃんにお願いがあるんだ」

「あら、何かしら」

「これは落とし物なんだが、お千代ちゃんが拾ったことにして番所に届けて欲しいんだ」

千代は何の疑念も持たずに快く引き受けてくれた。拾った場所や時刻などの説明が済むと千代はすぐに出かけた。

流れる雲を見ながら親父さんと話したり、客と話したりして暇をつぶしたので、あっと言う間に千代が戻ってきた。

「どうだった」

「ええ、別にどうってことなかったわ」

小兵衛は礼を述べると、元の道へ歩き出した。地蔵の横にはまだ百姓が座り込んでいた。金が戻ってくるとは信じていないが、かと言ってどうもすることができないようだ。

「私はお寺で厄介になっているのですが、和尚曰く。待てば甘露の日和ありだそうです。どういうことですかと訊くと、近いうちに落とし物が番所に届けられるだろうと言うので行ってみたところ、確かに財布の落とし物がありました」

財布の色や柄を教えると、男の顔が少し緩んだ。

「そりゃあ、儂の物に違いありません」

「父っつぁんのだといいな。すぐにでも行ってみなさい」

百姓は半信半疑という感じで、重い腰を上げ、項垂《うなだ》れたまま吉原に向かって歩き出した。小兵衛が代わりにそこに座り込んだ。しかし手持ちぶさたで何もすることがない。そこへ吉原へでも繰り出すのか、恰幅のいい商人らしい男が通りかかった。煙管を腰に差しているが、その根付けに目がいった。象牙と思われる般若《はんにゃ》だ。なかなかに洒落《しゃれ》ている。これ程の物にはお目に掛かったことがない。無性に欲しくなった。それに加えて、あれが掏れるだろうか試してみたくなったのだ。

根付けは帯にしっかりと引っかかっているので、これは至難の業である。懐から掏るのとは訳が違う。失敗した時の言い訳を考えつくと、持ち前の人懐っこさで話しかけた。要領よく相手を褒めちぎる。「恰幅がいいですね」と言っては懐辺りをポンと軽く叩く。「なかなかの色男ですね」と言っては腰で突く。その瞬間、根付けの引っかかりを外し、帯の中に少しだけ突っ込む。「気前がいいんですね」と言っては肩を叩く。腰を突く。そして、帯の半分まで根付けを押し込む。「あっしも早くそんな身分になりたいものです」と、よいしょをしながら腰を押す。そして根付けを引き抜く。三段階でやっと掏り終わった。まだ気付かれていない。後ろに隠すように帯に挟み、暫くは世間話を続けながら一緒に歩いていた。

そこへ百姓が向こうからにこにこした顔でやってきた。

「兄さん。兄さん。ありましたよ」

「これは、これは、さっきの……やはりあなたの物でしたか。それはよかったですね」横を向いて「どうぞお先へ。私はこの人と少し話がありますんで」

商人らしき人はそのまま、先へと歩を進めた。

「殊勝な娘さんが拾って届けてくれたそうです。これは少ないですがお寺へのお布施です。和尚様によろしくお伝えください」

そう言って財布の中から金一朱を取り出した。一瞬断ろうかと思ったが、それも少し変かなと考え直し、有り難く頂戴した。

暫くはそこで立ち話をした。百姓は再度礼を述べると軽い足取りで帰路についた。小兵衛も一緒に戻ることにした。掏ったことが発露《ばれ》る前に姿を眩《くら》ませる必要があった。しかし、その心配は杞憂《きゆう》に終わった。

寺に戻ると、暫くして千代がやってきた。仕事が一段落ついたのだろう。

「小兵衛さん。お百姓さんが財布のお礼にと一朱置いていきましたよ。どうぞ」

と言って小銭を手にして差し出した。

「実は、お布施として一朱頂戴したんだよ。それはこの前馳走になった代金として取っといてくれ」

「でも、それじゃあ多すぎますよ」

しばらく押し問答が続いたが、千代が折れて引き下がり、家路に向かった。

小兵衛は囲炉裏の前に座ると煙管入れを取り出した。素晴らしい彫りの般若にしか目がいってなかったが、煙草《たばこ》入れと煙管入れは龍の皮膚かと思えるような皮で出来ており、初めて見る材質だった。煙管を取り出すと、雁首、吸い口は黄金に輝き、あたかも曼荼羅のように小さな仏様の絵がいくつも彫られていた。真ん中の羅宇と呼ばれる部分は黒檀で龍が巻き付いている模様になっている。相当に高価な物だと判る。こんな所で吸っていれば目立つことこの上ない。さっさと仕舞い込んだ。身分不相応な品物だ。持っていても使えないのでは仕方がない。返すのが一番だ。しかし、いつ会えるともしれないのにどうすることもできないなと思った。

「おや、紀伊國屋さん、どうかなさいましたか」

声をかけたのは番所にいた加賀山だった。上客の顔と名前は頭に入っている。不審そうな顔つきで何かを探しているので訊いたのだ。

「いいえ、別に大したことではありません。煙管を持って出た筈なのに見当たらないので。きっと家に忘れてきたんでしょう」

「でも、持って出たんでしょう」

「ええ、出かける時はいつも持ち歩いているので忘れることはないのですが……」

「どこかに落としたのでは……」

「いえ、それはないと思います。根付けでしっかりと止めていましたから」

「途中で一服した時に置き忘れたということはありませんか」

「いえ、ここまでは一休みもしていません」

「落としたのでなく、途中で置き忘れたのでもなければ、やはり家に忘れてきたのでしょうね」

紀伊國屋は大門までやってきて、初めて煙管の無いことに気付いたのだ。

他の同心なら〈たかが煙管くらいで〉と思うだろうが、加賀山は違った。困っている人がいれば、どんな小さな事にも耳を傾けていた。

「家に帰ったら、よくお調べください。もしも、届け出があったときはお知らせします」

文左衛門が持っている煙管となると、きっと高価な物に違いない。

「どのような煙管で」

「いえ、たかが煙管です。きっと家に忘れてきたのでしょう。捨て置きください。それでは」

文左衛門は番所を出て三浦屋へと入っていった。

文左衛門

晴天が暫く続いている。翌々日も小春日和だった。小兵衛は昼過ぎに、いつものように吉原へと足を向けた。昨日掏った煙管を持ち歩きたいのだが、誰がどこで目にするか分からないので、この前、女衒から取り上げた喧嘩煙管を挿して行くことにした。いつもの茶屋で千代と四方山《よもやま》話をしていると、三十前後の、値の張りそうな着物を着ている凜々《りり》しい商人風の男が通り過ぎた。懐は財布で膨らんでいる。腰には巾着も。一昨日の商人だ。

「お千代ちゃん。あの男を知ってるかい」

「ええ、紀伊國屋の文左衛門さんよ」

「へえ、あの人が」

道理で。あんな豪華な煙管を持っている筈だ。

「昨日、朝帰りしたばかりなのに、今日も又よ。余程の暇人なのね」

「金が有り余って、使い道がないのかもね」

「高尾太夫に底根《ぞっこん》だそうよ」

高尾太夫と言えば、吉原随一の名妓である。文左衛門が入れ込むのも無理がない。身請けでもする心算だろうか。

「腰に巾着がぶら下がっているでしょう。来る時には無かったのよ。吉原《なか》からの帰りにはあれが下がってたの。きっと太夫からの贈り物だわ」

煙管の代わりとでも言わんばかりに、腰には巾着が下がっている。この中にお金を入れて、また遊びに来てくださいという意味なのだろう。

その二間ほど後ろを二十歳《はたち》前後の小綺麗な女が歩いていた。女の袂《たもと》でキラリと光る物が見えた。こんな人通りのある中で切りつけるのだろうかと思ったが違った。少し気になったので後を追った。

後ろに付こうとすると十五、六の若造が間に入ってきた。若造の前に出ようとすると、また邪魔をしてきた。女に気があるのかなと思った。仕方がないので、少し避《よ》けて歩いた。女は辺りを見回すと急ぎ足になった。文左衛門の右側に着くと話しかけた。

「旦那は歩くのが速いんですね」

すぐに文左衛門の歩調が遅くなった。女は世間話をしながら袂から短い剃刀《かみそり》をそっと取りだした。それが巾着へと伸びたのだが、死角になってよく見えない。小兵衛は喧嘩煙管を取りだした。巾着から小判が抜き取られたようだが、それもよく見えなかった。しかし、若造に小判を手渡すのは、一瞬だったがはっきりと見えた。つかつかっと近寄り右手を煙管で打ち据えると、小判がばらばらと落ちた。腕を捻《ねじ》り上《あ》げると、若造は観念したのか温和《おとな》しくなった。通りすがりの人には、ただ男が小判を落としたので拾ったとしか見えなかったのか、そのまま素通りしていた。ただ、若者の腕が捻上げられているが少し不思議なのか首を捻る者が数人いただけだ。文左衛門は振り向きざま、小判に目を落としてた。

「旦那。落とし物ですぜ」

文左衛門は小判を拾い腰を上げた。その間、小兵衛は若造の腕を背中に捻り上げ、逃げられないようにしながら立たせた。

「ああ、おまはんは一昨日《おととい》の……」そう言いながら、辺りを見回した。何か合点がいかない様子で、「これはおまはんので……」

と、拾った小判を小兵衛に差し出した。

「とんでもありません。これは貴方《あなた》様のですよ」

「えっ、わいのでっか」

そう言うと腰に手を当てた。

「あっ、巾着が……さてはこの若造が……」

「ええ。巾着切りを目の当たりにしたのは生まれて初めてです。旦那は気付きませんでしたか」

「いいや、全く」

「そうですか。相当の腕前なんですね」

文左衛門は礼を述べると若造を睨み付けた。怒鳴りつけるかと思いきや、何も言わなかった。金が戻ればそれで良しとでも思っているのだろうか。そして名乗った。

「ああ、貴方が……」

千代に聞いていたので分かっているが、初めて知ったかのように振る舞った。番所へ若造を連れて行くので、一緒に来るように頼むと快く了承した。

大門までは目と鼻の先だ。若造の背中越しから訊いた。

「お前さんはどこの誰だい」

「わては金造というけちな野郎で」

「大坂の人かい」

「へえ」

「後ろの女は誰だい。あんたの連れだろ」

それを聞きつけた女は、急ぎ足で近づいてきて、三人に並んだ。

「そこまで発露てるんじゃお手上げだね。あたしゃ浪速《なにわ》の鈴《すず》と言って、ちったぁ名の知れた巾着切りだよ。あんた、手先《てさき》かい」

「手先?」初めて聞く言葉だったので少し戸惑ったがすぐに解った。「江戸じゃあ御用聞きとか目明かしと言うんだが、そんな者じゃない。ただの小間物問屋の倅《せがれ》さ」

「ふうん。どうだかね」

薄々、同業者だと感づいている様子だが、それは口にはしなかった。女は逃げも隠れもせず、一緒についていった。

番所に着くとすぐに女と若造を突き出した。

「加賀山様。いつも暇そうで何よりです」

「おお、これはこれは。紀伊國屋さんに小兵衛さん。二人一緒でどうされました。そちらの二人は」

「巾着切りです」

加賀山が紀伊國屋を知っていることに感心した。もっとも、千代が知っているくらいだから、当然と言えば当然かもしれない。二人は取り調べにつきあった。

今度の大火で、大量の金の行き交いがあるらしいというので、遥々《はるばる》浪速からやってきたという。しかも、文左衛門と知っての犯行だった。これからも何人かやってきそうだと言う。こんな失敗は初めてで、とんだ赤っ恥を掻いたとも。

文左衛門から一両を渡された。礼金としては多すぎるが、有り難く頂戴した。小銭を持ち合わせていないのかもしれない。いや、持っていたとしてもそれくらいは出す男だろう。

取り調べが一段落ついたところで加賀山が訊いた。

「ところで、紀伊國屋さん。煙管は出てきましたか」

「いいえ、それがどこにも見当たらないんで」

「煙管がどうかなさいましたか」

加賀山が一昨日のことを話したので、吉原へ来て初めて気付いたんだと判った。その時ふと考えが浮かんだ。

「どのような煙管でしょう」

文左衛門が説明をしたが、どうも要領が得ないという態度を示した。

「加賀山様。紙と筆をお貸し願いませんか」

「どうする」

「絵に描いて捜す手がかりにしたいんで」

加賀山は快諾した。小兵衛はいろいろと訊きながら筆を動かした。実際に見ているので文左衛門の説明が手に取るように解った。そして、出来るだけ実物と同じ大きさの絵を描き上げた。

「こんなもんですか」

「ええ。煙管入れといい、煙草入れといい、根付けの大きさまで酷似《そっくり》ですよ」

「小兵衛にこんな特技があるとは知らなかった」

「それでは、知り合いの若いもんにも捜させましょう。では、私はこれで」

紙を折って懐に入れた。腰を浮かせようとすると、文左衛門が呼び止めた。

「ちょっと待ってくれまへんか。これから三浦屋へ行くのやけど、付き合うてくだはれ。もう少し礼をしたいねん」

吉原で一番有名な花魁を呼ぶと言う。花魁道中で艶《あで》やかな姿を見たことはある。元、侍の娘で、琴を嗜《たしな》み、なかなかの達筆だとも聞いている。小兵衛にとっては、座を共にすることなど夢のような話だ。

「よろしいんで」

「ああ、いいとも」

小兵衛は三浦屋で大盤振る舞いに与《あずか》った。いろいろと遊んできた小兵衛だったが、初めて見る遊びにも興じた。

酔いも充分回った頃、繕ってもらった巾着から小判を取り出し、ばらまいてお開きとなった。どうせ掏られた金だとでも思っているのだろう。残ったのは太夫と文左衛門と小兵衛の三人になった。自分が邪魔者だとすぐに分かった。

「それでは私もこの辺で」

「そうか、じゃあ、外まで送ろう」

「そんな、勿体ない。ここで結構です」

「そう言うな。お前との仲ではないか」

まだ知り合って間もないというのに、どんな仲なのか。これが人心を掌握する文左衛門のやり方なのだろう。三人は待合辻まで歩いた。

「おっ、旦那、流れ星ですぜ」

文左衛門が空を見上げた時は、もう消えていた。しかしすぐに次の流れ星が尾を引いた。

「あっ、本当だ。巾着切りは捕まえるし、金は取られずに済むし、何かいいことの前兆かもしれまへんな」

「あっ、まただ」

「今宵はよく星がながれますこと」

この時期、毎年のように多くの流れ星があるのだが、あまり夜空を見上げることがないので知る由もない。その時ある考えが浮かんだ。

「旦那の家は八丁堀の近くなんでしょ。ちょっとだけ回り道になりますが明朝、私が厄介になっているお寺へちょっとお寄りください。きっと何か御利益がありますよ」

「そうかい。じゃあ、そうさせてもらいまひょうか。ところで、その寺というのはどこにおますのや」

それ程難しくはない。真っ直ぐ行って突き当たりを左に曲がり最初の寺だ。そう説明した。

「解った。では明日」

「では私はこれで」

小兵衛は作戦を練りながら帰途についた。


翌昼前、文左衛門がやって来た。

「やあ、小兵衛さん。昨日はお世話になりました」

「何を仰います。こちらの方こそ」

「ところで御門には妙仰寺《みようこうじ》とだけ書かれていましたが。何宗ですか？」

「日蓮宗のようです」

「のようですとはどういうことです」

日慶が住職を勤め始めて一ト月余りしか経たないのに、荒れ寺は妙仰寺という名前で復活していた。日慶曰く「奇妙な信仰の寺」だそうだ。本来なら大曼荼羅と言う絵図が御本尊らしいが、ここには仏像が一体あるだけだ。六、七尺（約二メートル）はあるだろう。寺荒らしも、流石《さすが》に盗めなかったようだ。借り物の寺だから仕方がない。

日慶もさして拘《こだわ》ってはいないようだ。

「住職は法華経をよく唱えていますが、お寺は借り物でご本尊とかが異なっているそうなんです。詳しくは分かりませんが、霊験あらたかなら、わたしらにはどうでもいいことです」

「それも、そうでんな」

小兵衛はみんなを紹介し、囲炉裏の前で待ってもらうことにし和尚を呼びに行った。

暫くすると日慶が一人で戻ってきた。

「大事な煙管を失《な》くされたとか」

「まあ、いろいろと想い出の詰まった品ですが、形ある物はいずれ壊れると申します。きっと縁がなかったのでしょう」

「失くされてもよい想い出なら、一緒に葬りなされ。必要な想い出なら、他の煙管でも充分に役立つでしょう」

「そうかもしれまへんな」

「さあ、さあ、こちらへ」

日慶は皆を引き連れて本堂へと移動した。小兵衛は本堂でみんなを待っていた。

如来様の左手には昨日描いた煙管の絵が貼り付けられていた。和尚の後ろに並んで座ると読経が始まった。法華経である。木柾と木魚の違いすら分からない小兵衛たちにとってはなんの不思議もないことだが、文左衛門はその奇妙さに気付いたかもしれない。

読経が一段落つき、木柾の音が止まると鈴《りん》の涼しげな低い音が本堂に響き渡った。和尚に合わせてみんなは低頭した。その時、煙管の絵が掌からひらひらと木の葉のように舞い落ちた。顔を上げようとすると、絵が床につくのが目に入った。更に正面に目をやると、掌には絵の代わりに本物の煙管がぶら下がっていた。みんなはとても驚いた。日慶は目を見開いて見つめていた。「南無妙法蓮華経、南無妙法蓮華経」とお題目を唱えて立ち上がり、掌から煙管を取りあげた。

「不思議な事もあるものじゃ。あの絵とそっくりの煙管じゃ。もしやこれは貴方様の物では……」

「まさしくこれはわての物でおます。有り難いことで。南無阿弥陀仏《なまんだぶ》、南無阿弥陀仏」

日慶はお念仏が違っていることを全く意に介さないのか、無表情で持ち主に返した。

「これも御仏の思《おぼ》し召しです」

「お賽銭箱が見当たらないのですが、どちらにおます」

お礼に賽銭を入れようとしたのだろう。

「朽ち果てていましたので、薪になってしまいました」

「そうでおますか。それでは、近々、お賽銭箱を寄付させていただきましょう。今日はこれで」

文左衛門は一両小判を仏様の掌に乗せた。そして、宗派の違う念仏を唱えながら、和尚に礼を述べて寺を辞した。和尚が座を外したので、小兵衛たちも囲炉裏のある部屋へ戻った。

「ところで兄い。あの煙管は、以前兄いが吸っていましたよね」

安の問いに全く臆せず事実を話した。

「ここだけの話だぞ」安なら安心して話せる。「あれは私が細工をしていたんだよ」

掌に煙管を掛け、その上に絵をかぶせるようにして唾をつけて貼り付けたのだ。その内に唾が渇き、自然と剝がれ落ちるのを待てばよかった。もっと早く落ちるか、文左衛門が帰った後で舞い散るかは問題ではない。いつでも構わなかった。只、運の良いことに鈴の音と共に剝がれたのだ。響き渡る低い音が刺激になったのかもしれないが、それこそ仏の導きというものだろう。

その噂は瞬く間に広まった。どこからどのように繋がったのか判然としないが、迷子の子供が見つかったという話もこの仏様のお陰だということになってしまい、次第に信者が増えていった。

中には安たちが掏った財布を掌に乗せたこともある。掌に何も無い時は、日頃の行いや、信心の足りなさの所為にしたこともあった。

失《う》せ物だけではない。悩み事や争い事も舞い込んでくる始末だ。十のうち一つか二つでも解決すれば、それが又噂になり、尾ひれが付き、霊験あらたかだということが事実のようになってくるものだが、ここ妙仰寺では半数以上が解決するのだ。瞬く間に信者が増えるのも肯ける。小兵衛たちの活躍があればこそだが、日慶は礼を言うでもなく念仏を唱えるだけだった。

仇討ち

今日は七五三。こんな行事が根付いたのもそう遠い昔の話ではない。小兵衛が生まれた年にはまだなかった。しかし、浅草寺ではもうすっかり年中行事の一つとして定着していた。

空は曇っていたが、雨の心配はなさそうだ。今日も賑わっているだろうなと思いながら、お昼を食べていた。そこへ安が戻ってきた。

「小兵衛さん、こんな物《もん》が落ちてました」

と、油紙に包まれた物を見せた。中には書状が入っていた。

「何て書いてあります」

落ちていたとは真っ赤な嘘で、掏り取った物に違いないと思ったが、そのことは口に出さなかった。

「お前さんは字が読めるんじゃなかったのかい」

「読めることは読めるんですが、崩し字が難しくて、もうさっぱりです」

受け取って広げると、なるほどと思わせた。しかし、文字そのものはなかなかの達筆である。『親父の小言と茄子《なすび》の花は、万に一つも仇《あだ》がない』と父にブツブツ文句を言われながら崩し字についても学ばせられたが、今になって思うと感謝せざるを得なかった。

中身は仇討ちの赦免状だった。たった今こそ、「仇がない」と思い出したところだが、中身が仇討ち赦免状とはこれも運命だろうか。もっとも親父の小言の「仇」は「徒花《あだばな》」の事で意味は異なるが、そんなことは百も承知だ。ただ、焼け死にした父のことがふと想い出されたのだ。

「安。大変な物を拾ったな」

と、最後の「拾った」のところをゆっくりと強調して言い、一瞥《いちべつ》してから、読んでやった。

望月武丸に清水権左右衛門《ごんざえもん》の仇討ちを赦《ゆる》すという短い文面の仇討ち赦免状だ。藩主名も書かれている。年月日から二年程前に旅立っているのが解った。

「安、この書状は財布と一緒に返してやれ」

「それが中身は空でした」

「やはり掏ったんじゃないか。掏ったら掏ったと正直に言うもんだ。誰からも信用されなくなるぞ」

実際に無一文だったから嘘を言う意図《つもり》ではなかったのだろうが、それでも少し残念に思った。掏摸が立派な仕事だとは言えないが、みんなそれぞれ仕方なくやっている事だ。少なくとも身内だけでも正直でありたいものだと思っていた。

「はい、解りました」

発露たことが分かると、安は頭を掻きながら出て行った。


夕暮れ時、くたびれ顔の安が帰ってきた。

「今日は見つけることが出来ませんでした。明日、また捜しに行きます。なに、仲間と手分けをして捜せば、二、三日で見つかりますよ」

そう報告を受けていると、玄関に誰か訪《おとな》う者がいた。安の仲間が応対に出た。軒下でいいので、夜露を凌げる場所をお借りしたいと言う。もちろん、容易《たやす》いことだが、皆の承諾が要る。先ずは上がってもらった。二人を目にした安は飛び上がる程驚き、囁いた。

「小兵衛さん、あの二人ですよ」

「何が?」

「例の書状の持ち主ですよ」

「本当か」

小兵衛は驚きを隠せなかった。江戸広しと言えど、こんな偶然があるものかと思った。その探し人が、向こうからやってきたのだ。

「お前は、黙っていろ」

一人は十五歳前後で前髪がかなり伸びている。名前からしても、元服前だということは一目瞭然だ。少しやつれてはいるが、眼の奥には何か光るものを感じた。凛とした態度が威厳を保っている。今一人は母だろう。目は細《ほ》っそりとして、美しい顔立ちだが、色艶が抜け落ちている。身なりは二人とも見窄《みすぼ》らしく、長旅を物語っていた。

「こんな時分にどうかなさいましたか」

「失せ物を探し出してくれるお寺というのはここでしょうか」

答えたのは若侍だった。その問いには直接答えず、先ずは話を聞いてからだ。

「何をお探しで」

「実は財布を失くしまして」

財布の中身は空っぽの筈だ。赦免状よりも空っぽの財布を探すとはどういうことだろうか。本当はたんまりとはいっていたのだろうか。そうなると安が二重の嘘をついたことになる。しかし、いくら安でも、そこまでするはずがないと信じたかった。

「おやおや、それは大変な事になりましたね。取りあえず和尚様に相談してみましょう」

「その相談なんですが」母親がか細い声で切り出した。

「何でしょう」

後を繋いだのは若侍だった。母親に言わせたくなかったのだろう。

「財布が出てくるまで軒下でよいので、お借りできますまいか」

得心がいった。端《はな》からこれが目的だったのだと。

「それはお安いことですが、とにかく和尚様を呼んで参りましょう」

安に伝言を頼んだ。

「よろしくお頼み申す」

若侍は殊更背伸びをしているように思えた。それは自分が母親を世話しなければならないとでも言いたげに感じた。一人前の侍であると強調したいのであろう。

「とりあえずこちらへどうぞ」

二人を囲炉裏の傍《そば》へ座らせた。それと同時に、お内儀のお腹が〈ぐぅー〉と鳴った。若侍が何か言おうとしたが、小兵衛が遮った。

「これから私どもは食事をするのですが、よろしければご一緒に如何です」

「いや、結構でござる」

これが元服前の若侍の言葉だろうか。長旅がそうさせるのだろうか。無一文なのは分かっている。空腹なのも知れた。しかし、恥をかかせる訳にもいかない。こっちは赦免状を掏ったという負い目がある。何とかしなければと一計を案じた。

「実は、去年今年と大火が相次ぎまして、掏摸や夜盗が横行しております。食事の代わりにと言っては大変失礼ですが、夜盗から守って頂けると有り難いのですが」

下手《したて》に出て、機嫌を損ねないように申し出た。若侍は女性《にょしょう》と二言三言、交わした。

「あい分かった。そうすることにいたそう」

「随分と長旅のようにお見受けしますが……」

「もうかれこれ二年近くになりもうす」

「二年近くも」

「実は仇を捜しておる」

そこへ安が和尚を伴って戻ってきた。食事は和尚夫婦も一緒なので都合がよかった。

「こちらは……」

「望月武丸と申す。母の紫乃です」

書状の持ち主に違いない。苦労の長旅だなと思った。

「財布を失くされたそうで」

「それはお困りですね」

「その上、仇討ちの旅の途中だそうで」

「それはそれは」

武丸は問わず語りに話を初めからやり直した。仇の名前や経緯《いきさつ》も。赦免状を失くしたことも。藁《わら》をも掴む気持ちなのだろう。

「そうですか。それは難儀なことで」

「軒下でよいので、夜露を凌ぐ場所をお借りできますまいか」

武丸は深々と頭を下げた。

「それは容易いことで。みなも異存はありませんね」

「勿論ですとも」

皆は口々に賛同の意を述べた。もちろんこの寺は日慶の物ではない。まして小兵衛の物でもない。謂わばみんなの物だ。だから許諾を得る必要は全くないのだが、いつも和尚の顔を立てていた。そのことは和尚も百も承知だが、代表ということで役を演じていた。

母子《おやこ》は少しほっとしたようだ。

「ところで和尚様。この寺では失せ物を探して頂けると小耳に挟んだのですが本当でしょうか」

やっと本題に入ったぞ。小兵衛がすぐに返事をした。

「それはもう、霊験あらたかで。しかし、一度に二つも三つもお願いすることはできません。何をお望みで」

中身が空の財布を持ち出すことはないだろう。赦免状ならいいが、仇を捜せと言われると、どう返事をすればいいかと思案をしていた。武丸は母と小声で相談したが、すぐに話はまとまった。

「赦免状が見つかると嬉しいのですが」

「赦免状ですか」と和尚は呟いて小兵衛の顔を見た。

仇を捜せと言わなかったのでほっとしたが、さて、どうしたものか。和尚もこちらを向いて考えを訊いている。

「和尚様。赦免状と御札に書いていただき、仏様にお願いしてみては」

今までにも何度かやっている。小兵衛から話を切り出したときは、当てがある時だと知れている。〈小兵衛の奴、また掏《や》ったな〉と思っているだろうが、素知らぬ顔を決めていた。

「よろしい。見つかるかどうかは分からぬが、一応お願いしてみましょう」

堂に入ったものだ。

「後で御札をお渡しするので、それにお書きください」

小さな紙に書かれたのでは作戦は失敗だ。ある程度の大きな紙でなければならない。寺で準備した物でなければ、仏様も願いを聞いてくれないという理屈だ。

配膳はもう終わっている。話が一段落付いたのでよねが促した。

「冷めますので、先に食べましょう」

安たち若者は、我先にと箸をつけた。

武丸は一箸つける毎に語った。やるせない気持ちが籠もっていた。

公金横領をしたという証拠を掴んだ父が、家老の甥である清水権左右衛門に殺された。横領事件は噂だけだと不問にされ、仇討ちだけが赦された。権左右衛門はすぐに出奔し、行方知れずとなった。常々「江戸へ行きたい」と言っていたらしいとの情報を得たので、江戸中を捜し歩いていると言う。そして今日、路銀が底を突いた。江戸屋敷へ行き無心をしたが、上意討ちではなく私闘なので、金は出せぬと言われた。ましてや赦免状も無いではないかと無下に断られた。何処の藩とは言わなかったが、三カ所ある江戸屋敷のどこもが同じ返事だった。公金横領の首謀者はたぶん家老だろうが、証拠はもう無い。たぶん口封じのために殺されたのだから、上意討ちでも不思議《おかし》くはないのにと、武丸は憤懣《ふんまん》やるかたない様子だったが、相手が家老の甥であれば仕方がない。

「ではずっと江戸でお捜しを」

「うむ。それでも見つからぬ。江戸見物を終えて他国へ行ったのかも知れぬが、どのみち捜す当てもない」

「江戸に居るということだけでも分かっていれば捜しようもあるのですが、居ないということも考えられるのではどうしようもありませんね」

それからは、沈黙が続いた。ただ箸が動くのみだった。

夕餉が終わっても、誰も口を開こうとしない。小兵衛が口火を切るしかない。

「ところで、これからどうなさるお心算で」

「路銀がないので、先ずはその工面を何とかしなければならぬ」

囲炉裏から弾《はじ》ける音が聞こえる。みんなその炎を見つめる以外の術を知らなかった。

小兵衛がまた沈黙を破った。

「では、こうなさってはいかがでしょう」

二人の面倒をみることなど容易いことだ。今宵一夜だけでなく、ずっとこの寺に住まうこと。代わりに野盗からの警護をすること。仇が江戸に居ると想定して捜すこと。その三つを提案した。母子に異存のある筈はない。

「あっしらも仇を捜しますよ」

「そんな、滅相もない」

母子は固辞したが、どうせ暇を持て余している身だからと了承させた。

仇の人相には特徴がある。左眉の左端に大きな黒子があるとのこと。これならば、髪形を変えようとも、どんな着物を身につけていようと、すぐにそれと判る。しかし、小兵衛がやったように、黒子を取っていたらどうしようもない。二年近くも捜して分からないのだから、江戸に居ない公算が高い。仕事ついでに注意していく程度で始めようとなった。

和尚は二人をつれて部屋を割り当てるために引き下がった。

残された六人は、仇の探索方法を考えた。

闇雲に捜しても埒があかない。仇も金が必要な筈。家老の甥なら、いずれ江戸屋敷に顔を出すのではないかと、見張ることにした。武丸は藩名を言わなかったが、分かっている。三カ所あるとのこと。先ずは藩邸の場所を確認することから始めることにした。


翌早朝、準備を済ませると皆を本堂に集めた。和尚の読経が始まる。仏像の左手には「赦免状」と書かれた御札が貼られている。読経が終わり、鈴を叩くと丁度御札が、掌から離れた。今までに何度かやっているので失敗は無い。やはり鈴の音が影響を与えるのだろう。

日慶は赦免状が掌に乗っていると思っていたようだが、期待外れだった。何も無い。それでも平然としていた。

「残念ですが、今回は御利益に預かれませんでした」

形ある物なら絵を描いてもらったが、赦免状となるとそうもいかない。いくら仏様と言っても、中の文言まで知る由もない。

みんなは朝餉のために囲炉裏の前に集まった。小兵衛は和尚同様、何事も無かったかのように御札を広げた。

「絵を描いてもらうと、大抵の物は掌に現れていたのですが、今回は文字だったためでしょうかね」

今までは安たちに必死になって探してもらっていた。どうしても見つからないときは、それに似た物で代用していた。当然本人の失せ物とは異なるが、絵の所為にしていた。それでも有り難がって、それを手にして帰っていったものだ。

「やはり絵を描いてもらうべきだったのでしょうね」

そう言いながら、御札を覗き込むようにしながら火に近づけた。自然な動作だ。

「あれ、何か文字が浮かんできたぞ」

そう言うと、今度はあからさまに火に近づけた。

「明日、番所と書いてある」

炙《あぶ》り出しだ。しかし、安は疑問を持った。

「この御札は昨晩書いてもらったのですよね。ということは、明日というのは今日のことじゃないですか。それとも文字通り明日のことですかね」

「仏様は今日その失せ物について訊ねられたのだから、文字通り明日でよろしい」

そう断言したのは日慶だった。

〈私の策略だと知っている。時間に余裕を与えたのだろう。流石は和尚〉

妙に感心した。

朝餉が終わると、赦免状を持ってさっさと出かけた。千代の茶店の前で姿を隠して待っていた。吉原から帰ってくる客が何人か茶を啜《すす》った。一刻程してやっと本命が座った。三十前後の侍だ。吉原の帰りなら、お腹も充分満ち足りているはずだが、やはり、十間小町の顔をゆっくり見たいのだろう。のんびりとお菓子を食べながらお茶を飲んだ。

立ち上がり歩き出すのを見て、入れ替わりに小兵衛が座った。いつものように茶を飲みながら千代と世間話をし、四半刻（約三十分）して尻を上げた。

「小兵衛さん、忘れ物ですよ」

「えっ、何？」

素知らぬ顔をして答えた。

「この油紙です」

「いや、これは私のではありませんよ。さっきのお侍の物でしょう」

「きっとそうですね」

千代は何の疑いも持っていないようだ。

「もう今からではとても追いつきません。番所に持っていきましょう」

千代は書状を持って番所へと出向いた。いつもなら、小兵衛が持っていき、世間話でもして帰ってくるところだが、今日は用が済んだとばかりに寺に戻った。

昼前にはみんなも戻っていた。藩邸の場所が分かった。江戸城に一番近くて大きな屋敷（今で言う上屋敷）を安ともう一人に、残りを二人でそれぞれ見張らせることにした。

翌日、武丸を伴って吉原へ出かけた。みんなもそれぞれ持ち場に散った。

「おお、小兵衛か。今日は又えらく早いのお」

「加賀山様の方こそ、朝っぱらからご苦労様で」

「今日はどうした」

「実は、こちらは武丸様と申しまして……」

「まあ、上がれ」

言われるままに二人は草履を脱いだ。向かい合って座ると、一昨日来の話をした。

「確かに仇討ちの赦免状の忘れ物が届いておる」

加賀山は文箱から油紙に包まれたままの書状を取り出した。中身を取り出さずにそのまま尋ねた。仇の名前。年月日。藩名。加賀山の頭の中に、文面がしっかりと入っているのだろうと感心した。

「間違いなく、内容と一致している。しかし、届け出た者によると、落とし主は三十前後の侍と聞いているが」

　そこまで調べられるとは全く考えていなかった。届け出たのは千代だ。〈それは何かの勘違いでしょう〉と言う訳にもいかない。千代の目が確かなことは加賀山も百も承知だろう。

「武丸様。先日藩邸へ行かれましたよね」

「いかにも」

「その時に失くされたのでは。きっとそうですよ。それを届けようとして忘れたに違いありません。第一、三十近いお侍が武丸という幼名のようなお名前では可笑しいではありませんか」

「正しく、小兵衛の言う通りじゃなあ」

「それに、仏様のお告げですよ。絶対に間違いありません」

「ははは、そう本気《むき》になるな。疾《と》うに持ち主と判っておる。許せ、赦《ゆる》せ」

「加賀山様もお人が悪い」

　加賀山はやっと油紙を広げ、中身を確かめさせてから、また油紙に包んで返した。

　その夕、早速、安から朗報がもたらされた。何と、仇の伯父が江戸家老として赴任していたのが分かったのだ。これは大いに脈がある。次の日から、その屋敷を中心に裏門にも見張りを置いた。しかし母子には連絡は一切しなかった。ただ伯父が居るという事実だけで、仇が居るかどうかは判らなかったのだから。糠喜《ぬか》びをさせたくなかった。

それから数日後、安が重大な情報を仕入れてきた。

安がいつものように床下に潜り込むと話し声が耳に飛び込んできた。


「伯父上。此度は江戸家老としての着任、おめでとうございます」

「それもこれもお前の助けがあったればこそじゃ」

「それにしても公金横領作戦は見事でした」


急に声を潜めた。


「あの金があったればこそ、家老になれたようなものだからのぅ」

「しかし、どうやって望月は嗅ぎつけたのでしょうね」

「帳簿を丹念に調べ上げたのだろう。それももうとっくに処分してしまったから、もうどうにもなるまい。それもお前の所為にしてしもうたのだからな。許せ」

「帳簿の紛失くらい大したことはありませんよ」

「それにしても、出奔する必要もなかろうに」

「一度、人を斬ってみたかったのですが、どうせならと望月を相手に選んだのです。

斬り殺したのはよかったのですが、人に見られてしまったのは失敗でした」

「後始末に苦労したぞ」

「ご迷惑をおかけしました。それでも、それ以上の実入りがあったでしょう」

「それはまあそうだが……。ところで人を斬った感触はどうだった。儂はまだ一人も斬ったことがないからのう」

「それはもう、ぞくぞくしましたよ。初めて斬った時のあの手応えが忘れられません。なんだか病みつきになりそうでしたよ」

「なりそうではなく、なったのではないか？」

性格を熟知している伯父として、そう察したのだろう。

「さすがは伯父上。よくお分かりで。江戸への途中、路銀が無くなると何度か」

「しようのない奴だ」

「伯父上も一度、試し切りで辻斬りでもされたら如何」

「馬鹿なことを申すな」

この伯父にして、この甥あり。安は身震いした。

「ところで、十両程都合してもらいたいのですが」

「何。十両も。何に使う」

「ちょっと吉原へでも出かけようかと」

「吉原か。まあ、それもよかろう。お前には割の合わぬ仕事をしてもらったからな」

「まあ、いいではありませんか。全て巧くいったのですから。江戸での放蕩三昧も悪くはありませんよ。いや、むしろこの方が私には合ってます。金がなくなった時に、伯父上が江戸に来られたので助かりました。江戸で辻斬りをしたくはありませんから」

「詮索はかなり厳しいのか」

「そりゃあ、道中での暗がりでやるのとは大違いですよ。望月を殺《や》った時でさえ見つかったのですから」

「儂の足許《あしもと》では静かにするのが一番だ。それよりも例の母子が付け狙っておるぞ。この前も当屋敷に金の工面を頼みに来たらしい。話によると赦免状を無くしたらしいぞ。そんな物は有っても断らせておるがな。他の屋敷にもそう伝達しておる。金策に忙しく仇討ちどころでもあるまいが、注意は怠るな」

「なぁに、大丈夫。相手は高が十五、六の痩せ侍にその母です。どうせ助太刀もいないのでしょう。それならば訳無く返り討ちですよ」

「まあ、藩内で十本の指に入るお前の腕前ならそれも容易いことだろうが、用心に越したことはない」

「解っております」

　それから暫く雑談をして部屋を出て行ったので、頃を見計らって報告に来たという寸法だ。

「安。よくやったなあ。それにしてもかなりの使い手となると仇討ちは難しいな。何か巧い方法でも考えないと。このことは二人には内密にな。返り討ちに遭うくらいなら知らない方がまだましだ」

安に否やはない。先ずは敵を知ることだ。今日明日にでも、吉原へやってこよう。

小兵衛は早速出かけた。道々、思案に明け暮れたが、一向に名案が浮かばない。茶屋へ立ち寄り、お千代に人捜しを手伝ってもらうことにし、人相の特徴を教えた。見たら教えてもらうだけだ。加賀山にはどんな話をしようかと、考え考え歩いた。何も結論がでないまま、大門に着いた。

「おお、小兵衛ではないか。相変わらず元気そうじゃのう」

「はい、お陰さまで」

「ところで、仇の居場所は分かったか」

「ええ。まあ、大体のところは」

「ほう、それはまた早いことじゃのう。やはり藩邸か」

「よくご存じで。しかし、どうしてお判りで」

加賀山の考えは小兵衛のものと同じだった。闇雲に捜しても見つかるものではない。

先ずは藩邸から当たることだ。そしてこんなに早く見つかったということは藩邸でしかないと当たりをつけたと言う。

「これはお見それしました」

さて、どうしたものか。小兵衛は仇について話した。近々、吉原に顔を出すだろうということも。

「そんなに強いのか」

「どうもそうらしいです」

「それが本当なら返り討ちに遭うのが目に見えてるではないか」

「確かに。弱い侍が、強い侍に勝つ方法があれば是非お教え願いたいもので」

「望月武丸だったかな。武丸は弱いのか」

「まだ元服前の若者でしょう。おまけに腕っ節もそれ程ではなさそうなんで」

「確かにそうだのう。難儀なことよのう」

加賀山は腕を組み、天井を見上げて暫く考え込んでいた。

「勝つことは出来ぬが相打ちならなんとかなるかもしれぬ。相打ちと言っても、相手に傷を負わせる程度しかできぬだろう」

「では、返り討ちで」

「そうなるだろうな。かなりの使い手となると、刀を振り回しては負けよう。刀を交えても力において負けるとなれば突きしかあるまい。上体を狙っても躱されよう。動きの取りにくい下腹部を狙うことだな。致命傷にはならず、反対に斬られてしまうだろうが、母御が後ろから巧く一太刀でも浴びせられれば良い方だろう」

「そんなもんですか」

「そんなもんよ。勝つためには、相手に刀を抜かせぬ事じゃが、それもまた不可能に近かろう。かなり酔っていたとしてもじゃ。後は寝込みを襲うことじゃが、そんな卑怯な真似もできまい。諦めた方が無難だな」

「一つお訊ねですが、その突きとやらを教えてくれるような道場はございませんか」

「突きを教える道場か」顎に手をやり、天井を暫く見つめていた。「そうよなぁ。どの道場も斬り技が主で突き技を取り入れている道場の名は聞かぬなぁ。ただ、槍を教える所ならいくつかあるぞ」

「槍ですか。それはいい考えですね」

「この近くでは馬庭念流かな。ちと不確かじゃが」

「左様で」

「調べさせようか。お前はここで見張り番だろうから」

「よくご存じで」

「最前、仇が吉原に現れると申したばかりではないか。それくらいが判からぬでは同心は務まらぬ」

二言三言、用を聞かされた下っ引はさっさと出かけていった。

取り敢《あ》えず、通りが見える位置に座らせてもらい、日がな一日、将棋をさしたり、話し込んだりして仇が来るのを待った。

夕日が沈む頃、下っ引が戻ってきた。

「加賀山様。ご推察通り、念流で槍術《そうじゅつ》を教えているそうで」

「そうか。ご苦労。今日は帰ってよいぞ」

「へい。それではお言葉に甘えてそうさせていただきやす」

下っ引が出て行くのと入れ違いに、一人の侍が通った。左眉に大きな黒子。薄暗くなりかけていたが、番所からはよく見えた。

「来ました。あの侍に違いありません。私はこれで」

急いで外に出ると、居た居た。妓楼に入ると少し間を空けて続いた。女将に頼んで隣の部屋を充てがってもらった。

初めは在り来たりの会話だったが、暫くして酒が回ったのか「身共《みども》は仇持ちだぞ」と遊女を怖がらせて遊んでいるではないか。何と大胆不敵な。さっそく隣の部屋へ赴いた。

「お侍様、ちょっとよろしゅうございますか」

「誰だ」

「へい。この辺りに住まいおります、小兵衛と申すケチな野郎で」

「入れ」

襖《ふすま》を開けて中に入ると逞《たくま》しい体つきの侍から睨み付けられた。

「仇持ちという話が聞こえてきたもんで」

「おう、そうか。入れ、入れ。話が聞きたいか」

「そりゃあもう。仇討ちの話となりゃあ、江戸っ子なら誰でも飛びつきまさぁな」

こんな時はべらんめえ言葉に限る。遊女へ向かって一両差し出し、酒をどんどん持ってくるように命じた。わざとその場で金を渡し、ここは私の奢《おご》りだと見せつけた。悪い顔をするはずもない。差しつ注《さ》されつしているうちに、権左右衛門は饒舌《じょうぜつ》になってきたが、その話はだいぶ違っていた。

望月という不埒《ふらち》者が公金を横領し、その証拠を摑んだ権左右衛門は裁きを待たずに殺してしまった。若気の至りだが無闇に殺したことに違いはない。仕方なく藩を出ることになったが、母子からは仇と狙われることになった。逆恨みというやつだが、それも致し方ないと言う。道中、追い剝ぎに遭っている旅人を助け、逆に追い剝ぎから金をせしめたとも。

何という太々《ふいぶて》しさだろう。事情を知らない者なら、誰しもその話を信じるだろう。

安が床下で二人の密談を聞いていなければ、どちらの話が本当なのか疑念を抱いたに違いない。もし武丸母子の話よりも先に聞いていれば、権左右衛門の話の方を信じていたかも知れないと思う程だ。

「もしその母子に会えばどうなさるお心算で」

「身共は無外流の目録をもっておる。返り討ちにすることは容易いが、軽く扱《あしら》って故郷《くに》に帰らせてやろう」

「命をお取りにならないとは実にお優しい方で」

「うむ。然《さ》もありなん。国でも皆がそう申しておった」

実に言葉巧みだ。どこまで腹黒いのだろう。こんな奴を跋扈《のさば》らせておく訳にはいかない。だがその手立ては見つからない。

「ところで無外流とはどのように流派で？」

「五、六年程前に始まったばかりの剣術で、主に居合いじゃ」

「居合いと申されますと……」

「抜刀術よ」

「抜刀術と申されますと」

これでは話にならぬと、身振り手振りで説明し始めた。要するに、目にも止まらぬ速さで刀を抜いて相手を倒すということらしい。

これでは為す術がない。いや、待てよ。今、権左右衛門は刀を持っていない。もし、こちらだけが刀を持っていれば、事の成就は容易い。巧くいくかどうかは分からないが、一つの考えが浮かび、思わず膝を掌で打った。権左右衛門はそれを勘違いをしたようだ。

「どうした。得心したか」

「へい、そりゃあもう。説明がお上手なものですから」

権左右衛門は然《さ》もありなんと鼻高々だった。しかし、長居をするような相手ではない。

「この次は昼見世にお出でなさいませ。また趣が変わってよろしゅうございますよ。いろいろな藩のお留守居役もよくお見えです」

「左様か。では次はそうしてみるか」

小兵衛は遊女に更に一両渡し、後を頼んで辞した。


翌日、朝餉を摂るために全員が集まった所で、武丸に訊いた。

「ところで、仇の清水権左右衛門という人の剣の腕前は如何ほどのものでしょうか」

「相当の使い手ときき及んでおる」

一家の主として威厳を保たねばならないという気持ちが解らぬではないが、やはり少し気になる。事情は飲み込めているので、何もそこまで気を張ることはないだろうにとは思うものの、当主としての意地がそうさせるのだろう。

「まあ、まあ。そういうお堅い話は後にして、先ずは食事にしましょう」

よねの一言で、みんなは箸を取った。

朝餉の片付けが終わると、先ほどの話題を続けた。

「以前、あるお侍様から伺ったことがあるのですが」

そう、断りを入れて、加賀山から教わったことを伝えた。腕の立つ相手に対しての戦い方だ。武丸も承知しているのだろう、熱心に聞いていた。

「仇捜しは我々がしますので、お二人は剣術の稽古に勤しんでは如何ですか。夜盗から守って頂くためにも是非そうお願いします」

仇に会えば返り討ちに遭うことは自明の理だ。捜すのも消極的になって当然だ。剣術の稽古なぞ考えも及ばぬことだ。

「それでは、お言葉に甘えて、そうさせていただく」

最近は落ち着きも出てきたのか、小兵衛たちを信じ切っているようだ。このままここで生活するのも悪くないと思っているのかもしれない。しかし、相手の居場所も分かっているのだから何とかならないかと思案をしていた。

「ところで、近くの道場に槍術を教えてくれる所があるそうなんですが、行かれてみてはいかがですか。束脩《そくしゅう》や月謝は当方で面倒をみますので」

　束脩とは今で言う入会金で、金銭ではなく、物でよかった。盆暮れにも渡すので、お中元やお歳暮のような物を想像すれば当たらずとも遠からずというところだろう。

　稽古を勧める理由がもう一つある。今はまだその時期ではない。藩邸辺りを捜し回り、ひょっとして仇を発見されては困るからである。渡り合える程の腕前になるか、何か別の良い案が浮かぶまでは見つけさせてはならない。馬庭念流の道場はうまいことに三つのどの藩邸とも通り道が違うので、寺と道場の行き帰りだけにする必要がある。残った時間は寺で稽古をさせ、あちこち出歩かないようにさせるのが一番だ。境内はそこそこに広く、剣術の稽古に不自由はない。そうするように言いくるめた。


　翌日、小雨の中を吉原へ向かった。雨の日に出かけることはほとんどないのだが、出かけずにはいられなかった。行く先は番所だ。

「加賀山様。今日は一つお願いがあって参りました」

「何事じゃ」

「へい。刀の柄だけを見せて欲しいので」

「柄だけとはどういうことじゃ。外せということか」

「左様で」

「何故じゃ」

「柄がどのようにして刀に取り付けられているのか知りたいので」

「お前の事じゃ。理由《いわく》があるのだろう。もったいぶらずに話せ」

「前にも申しました通り、仇というのがかなりの使い手なので、到底勝ち目がありません。そこで刀を抜く時に、柄が外れてしまえばと思ったので」

「おお、成る程。それは妙案じゃ。だが、そのようなことが出来るのか」

「やってみなけりゃ分かりませんが、それしか方法が見つからないんで」

「そうか。そういうことなら。だが、心しておけ。儂は仇討ちに合力《ごうりき》するのではない。ただ、お前に刀の仕組みを教えるだけだからの。指南料は高いぞ」

「はい、それはもう」

　実際に何らかの見返りを求めているのではない。単なる言葉の遊びだということは百も承知している。勿論、必要な時は惜しみなく力を貸す心算だが、その様な時がくるとはとても思えなかった。

「ならば」加賀山は、快く応じた。「暫時、ここで待っておれ」

　そう言い残して、外へ出た。暫くして、箸を一本と金槌を手にして戻ってきた。

「そんなものが必要で」

「うむ、生憎と目釘抜きが無いのでな。これが無いとちと難しい。儂の箸を使ってもよいのだが、そうすると食すのに不便だからの。ついでに一本貰ってきた」

加賀山は丁寧に説明を加えながら作業を始めた。先ずは箸を適当な長さに切り、丁度良い太さになるまで削った。出来上がると翳《かざ》して見つめた。

「うん。まず先ずの出来じゃ」

「それは何で？」

「これか？　これは目釘抜きじゃ」

「それをどうするんで」

「ここに目釘が打ってある」柄の一部を指さした。「木で出来た釘じゃ。先ずこれを抜かねばならぬ」

感心しながら色が周りと少しだけ異なる小さな丸い所を見つめた。鉄釘なら頭の部分が出っ張るが、竹のような釘で頭がきれいに均《なら》されている。更に滑り止めのために綺麗に捲かれている糸が邪魔をして、一部分だけしか見えない。

「これを抜くには向きがある」

どちらからでもいいという訳ではない。先ほど削った箸を目釘に当て、金槌で丁寧に叩く。徐々に目釘が反対側から顔を出す。さらに叩き、充分に緩くなったところで引き抜いた。

「目釘が抜けたからと言って、すぐに外れるものではない」

そう言うと、二、三度素振りをしてみせた。簡単に考えていたが、大変さに気付かされた。小兵衛の考えを他所《よそ》に、今度は切羽を優しく叩き始めた。数十回叩いてやっと外れた。

「この部分が茎《なかご》で、これが鑢目《やすりめ》だ。このお陰でしっかりと柄にくっついておる」

成る程。薪割りの柄が外れた時に、柄のお尻を地面に叩きつけるとまたしっかりと嵌《は》まり、使えるようになるのと似ていると思った。

今度は組み立てだ。今の逆の順で取り付ける。茎を柄に入れ込み、柄頭《つかがしら》を床に叩きつけた。茎が少しずつ柄にめり込んでくる。元の位置まで戻ると目釘を打ち直して元通りだ。

「柄だけがするっと抜けるようにするには、鑢目と茎を削り落としゆるゆるにせねばならぬ。更に、目釘も抜かねばならぬが、出来るか」

難題を突きつけられたがやるしかない。大きな溜息をついた。

それから五日後。小春日和の青空の下、権左右衛門が昼見世へやってきた。小兵衛は馴染みの幇間に声を掛け、お寺と千代のいる茶屋へ報告を頼んだ。

「駕籠《かご》を使っていいから急いでくれ」

そう言って一両渡した。吉原には迷惑をかけられないので茶屋で待ってもらうための連絡だ。

権左右衛門が妓楼へ入るのを確かめると、暫くしてから暖簾《のれん》を潜った。二階へは上がらず、奥へ向かった。前回とは違う妓楼だ。吉原では妓楼の入り口で大小を預かることになっている。楼主に事情を詳しく説明し、謝礼を奮発して大小を持ってこさせた。用足しに下りてきても見えない場所を確保し、さっそく細工に取りかかった。四半刻ほどして幇間が戻ってきた。まだ作業は終わっていない。

「どうだった」

「へい、槍の稽古をしている最中でした。すぐに準備して出かけると申していましたから、四半刻もすれば茶屋に着くでしょう」

「ご苦労さんでした。もう一つ大切なお願いがあるのですが」

「なんでやしょう」

「私が上に上がるまで、あの侍を帰らせないようにしっかりもてなしてほしいんです」

「そりゃあ、お安い御用で」

もう一度念を押して一両出した。幇間も合点承知と上がっていった。

ヤスリで鑢目を潰し茎を削った。目釘は、金槌が無くても、目釘抜きだけで目釘が抜けるようにした。がたつきがなく、しかも柄だけがするっと抜けることを何度も確かめた。かれこれ一刻はかかっただろう。武丸母子も、もうとっくに茶屋に着いているはずだ。これで準備が整ったと思うと、さっそく二階へ上がった。

「これは、これは、権左右衛門様。どうです。昼見世は」

「こいつは、なかなか面白い奴だのう。気に入った」

幇間を指さしながら、ほんの少し舌をもつらせながら言った。酔いが回っているようだ。しかし、念には念を入れなければならない。幇間と一緒になって、どんどん飲ませた。酔わせれば酔わせる程、利を得るからだ。別の部屋の侍が帰っていくのが判ったので、こちらもそろそろと思った。

「こちらは私が贔屓《ひいき》にしている太鼓持ちでして。今後ともよろしくお引き立てをお願いします」

そう言うと、勘定は全て小兵衛が払い、上機嫌で権左右衛門を帰すことにした。大小を受け取った権左右衛門は何の疑念も抱かずに腰に差した。酔っていなくても気付くはずはない。ましてや、これだけ飲ませたのだ。自信を持った。帰りも途中まで同道することにした。

大門を過ぎ、五十間道を通り、衣紋坂にさしかかった。そこを登り切ると、道は左右に分かれる。

「どちらへ」

訊ね終わると同時に、後ろから、大声が。

「待て、清水権左右衛門」

　武丸の声だ。名乗りを上げると、槍を構えた。

〈さあ、ここから一世一代の大仕事〉と腹を据えた。

　武丸は仇討ちの理由を並べ立てた。母は赦免状を手にすると高々と上げた。

「旦那。あんな事を申していますが、本当ですか」

「馬鹿を申せ。儂の言ったことが本当じゃ」

　飽くまでも権左右衛門の味方のように振る舞った。全ては目釘を抜くためだ。悟られてはならない。周りには遠巻きに人が集まりだしていた。

「そうでしょうね」そう言いながら、目釘を抜くことに成功した。「しかし、旦那。だいぶ酔ってらっしゃるようですが大丈夫ですか」

「馬鹿もん。酔ってなどない。たとえ酔っていたとしても、こんな若造、捻り潰すのに造作もないことじゃ。返り討ちにしてくれる」

「そうこなくっちゃ。旦那、しっかりおやりなせえ」

　言うが早いか、権左右衛門から離れた。それが合図だ。

「武丸。抜かるな。日頃の鍛錬の成果を見せよ」

　常《いっ》になく、力が籠もっている。こんな母の声を聞くのは初めてだった。赦免状を棄てると懐剣を抜いた。死ぬ覚悟なのだろう。

「はい」

武丸も気合いが入っている。槍を握り直すと駆けだした。権左右衛門が柄に手をやったが、まだ抜かない。武丸は仇の目前まで迫ると下を向いた。たぶん目も瞑り、観念もしたのだろう。そして「やぁ」とありったけの声を出し、槍を突き出した。権左右衛門は体を少し躱し、刀を抜くと槍を叩き落とすように上段から振り下ろした。酔っているとはいえ、それは素早い動きだった。小兵衛はごくりと唾を飲み込み、祈る思いで成り行きを見守った。

やった。思い描いていた通り、武丸の槍はみごとに脇腹を突き刺していた。武丸がそっと目を開いた。柄だけを握っている権左右衛門の姿が目に入ったはずだ。斬られていないのが不思議なのだろう。それが判ると武丸はこれ幸いと、更に力を込めた。

「母上」武丸は槍を抜くと、身を躱した。「止《と》めを」

母は胸の辺りで懐剣を握り直すと、つかつかと近づいて、胸に突き刺さした。権左右衛門は、堪らずどっと倒れた。ほんの短い時間だったが、二人は大きな息づかいをしていた。周りから大きな拍手が沸き起こり、その一隅から声が掛かった。

「お見事」

それは加賀山だった。事の成り行きをずっと見つめていたので加賀山がいたのに全く気がつかなかった。死体を見つめていた母子はへなへなと気が抜けたように座り込んだ。千代の父と小兵衛はそれぞれ二人を攫《だ》き抱え、茶屋へと運んだ。見物人は、さっきまで権左右衛門についていた小兵衛が、今は若侍に荷担しているのを不思議そうに見ていた。

「みなさん、仇討ちは無事本懐を遂げました。そっとしてやってください」

お引き取りをと、両手を下から押し出すようにすると、みんなも三々五々散っていった。二人は出された茶を飲むと少し落ち着きを取り戻したようだ。

「何もかも小兵衛殿のお陰じゃ。お礼を申せ。実に見事であった」

「いえ、母上こそ」

「それにしても、権左右衛門はどうしたことぞ」

「いかさま」

「剣には自信もあろうにあの様《ざま》はなんじゃ」

小兵衛が口を挟んだ。

「刀の手入れを怠ったのでは」

「その事よ。武士として恥ずかしい限りじゃ。武丸。お前も武士の魂の手入れを怠るでないぞ」

今まで寡黙だった母は、饒舌になっていた。これが本来の姿なのだろう。二人は暫し将来のことなどを語らっていた。一段落ついたところで、千代に訊いた。

書　名				
お買上 書　店	都道 府県	市区 郡	書店名	書店
			ご購入日	年　月　日

本書をどこでお知りになりましたか?

1.書店店頭　2.知人にすすめられて　3.インターネット(サイト名　　　　)

4.DMハガキ　5.広告、記事を見て(新聞、雑誌名　　　　)

上の質問に関連して、ご購入の決め手となったのは?

1.タイトル　2.著者　3.内容　4.カバーデザイン　5.帯

その他ご自由にお書きください。

(　　　　　　　　)

本書についてのご意見、ご感想をお聞かせください。

①内容について

②カバー、タイトル、帯について

弊社Webサイトからもご意見、ご感想をお寄せいただけます。

ご協力ありがとうございました。

※お寄せいただいたご意見、ご感想は新聞広告等で匿名にて使わせていただくことがあります。

※お客様の個人情報は、小社からの連絡のみに使用します。社外に提供することは一切ありません。

■書籍のご注文は、お近くの書店または、ブックサービス(0120-29-9625)、セブンネットショッピング(http://7net.omni7.jp/)にお申し込み下さい。

郵便はがき

料金受取人払郵便

新宿局承認

7552

差出有効期間
2024年1月
31日まで
(切手不要)

160-8791

141

東京都新宿区新宿1－10－1

(株)文芸社

愛読者カード係 行

ふりがな お名前		明治　大正 昭和　平成　　年生　　歳
ふりがな ご住所	□□□-□□□□	性別 男・女
お電話 番　号	(書籍ご注文の際に必要です)	ご職業
E-mail		
ご購読雑誌(複数可)		ご購読新聞 新聞

最近読んでおもしろかった本や今後、とりあげてほしいテーマをお教えください。

ご自分の研究成果や経験、お考え等を出版してみたいというお気持ちはありますか。

ある　　ない　　内容・テーマ(　　　　)

現在完成した作品をお持ちですか。

ある　　ない　　ジャンル・原稿量(　　　　)

「ところで、加賀山様は」

「とっくに番所に戻られました」

ここからは大門は見えないが、坂を登ってくる姿が目に入った。目が合うと加賀山は書状を持った手を振りながら、ゆっくりと風を切って歩いてきた。二人は立ち上がって出迎えた。

「これは先ほど投げ捨てられた赦免状じゃ。裏に本懐を遂げたことを記しておいた。これを持ち帰るがよい」

母が貰い受けると広げて黙って読んだ。武丸が受け取り、読み終えると小兵衛に手渡された。事の顚末と役職名及び姓名が記されていた。立派な証人が認《したた》めたのだ。横槍の入れようがない。立派に家名を継ぐことが出来る。

母に戻すと、帰り支度をするために寺に戻ることにした。すると、加賀山から呼び止められた。

「何か用で」

「まあ、そう急《せ》くな」

ゆっくりと茶を啜《すす》り、親子の姿が遠退くとやっと口を開いた。

「小兵衛、知っておるか」

「何をで」

「寝込みを襲ったり、不意打ちを喰らわしたり、闇討ちしたり、酒を飲ませて酩酊させるなど、卑怯な真似で殺した場合、仇討ちとは認めることが出来ぬということじゃ」

「酒は多少は嗜んだでしょうが、本人が酔っていないと申しました」

「確かに儂も聞いた。だからそのことは良しとしよう」

「では、何か」

「数日前、儂に刀の仕組みを尋ねたな」

「へい、それが何か」

「権左右衛門は何故柄だけを手にしておったのじゃ」

「それは私にもさっぱりで。ただ、紫乃様が申されておりました」

「あの、母御のことじゃな。で、何と」

「武士として刀の手入れを怠るとは、落ちぶれたものよと」

「お前が、そう言うように仕向けたのではないのか」

「そんな。滅相もございません」

「そうか。では、そういうことにしておこう。戯《ざ》れ言じゃ、赦せ」にっこり笑って続けた。「それにしても、仇に出会うとは運の良い事よ」

「そうなんで?」

「富籤《くじ》に当たるよりも難しいと申すからな」

「そうなんで」

「しかも、それに立ち合うことになったのだから、儂も付いておるな」

「そうなんで」

「さっきから、何だ。その返事は」

「へえ、知らなかったことばかりで」

「まあ、良いわ。今回は正当な立ち会いで仇を討ったということでよいな」

「勿論でございますとも。加賀山様もお人が悪うございますね。赦免状の裏にそのように書かれていたではありませんか」

「ははき、発露ておったか。ところで小兵衛。何時、目釘を抜いたのじゃ」

「えっ。何の話で」

「惚《とほ》けずともよい。いくら刀の手入れを怠ったといっても、目釘が外れることはないからのお」

「へえ、左様で」

「しかし、見事な技であった。儂も何時目釘を抜いたのか、全然解らなんだ」

「そんなことしていませんよ。加賀山様。冗談も程々にしてください」

「まあ、そういうことにしておこう。しかし、仇討ちは上出来じゃった。重畳《ちょうじょう》重畳。これからもよろしく頼む」

「よろしく頼むと言われましても」

「まあ、良いではないか。さっ、儂も仕事に戻るといたそう」

加賀山は今日の青空のように上機嫌だった。

神隠し

師走に入ると寒さが身に凍《し》みる。小兵衛は馴染みの髪結いに行った。

「若旦那は確か小兵衛さんと言いましたよね」

「ああ、私は小兵衛だが、それがどうかしましたか」

「実は、お坊主小兵衛という人の話を聞きましてね」

「お坊主小兵衛？」

「へえ。何でもあるお寺の住職で、しかも掏摸の名人だそうで」

「ほう、住職が掏摸をねえ。それは初耳だ。誰がそんなことを言いふらしてるんです」

「大きな声では言えませんが、実は知り合いの息子っていうのが掏摸でしてね。その師匠の師匠が小兵衛と言うらしいんです」

「じゃあ、その小兵衛さんは弟子の弟子のことを知ってなさるんで？」

「いや、会わせてもらえなくて、知らないそうです」

「掏摸ねえ。そう言えば最近関西方面から巾着切りがやってきたっていう噂ですよ」

「じゃあそいつと客の取り合いだね」

うですね」

「ははは、それもそうですね。ところで小兵衛さんは先日、掏摸を捕まえなさったそ
「掏摸じゃなくて巾着切りだけどね」

「掏摸と巾着切りとは違うんで」

「そりゃあ、全く違いますよ」

掏摸と言うのは懐や袂から気付かれないように金品を掏り取る。手先の器用さに話術の巧みさが必要になる。一方、巾着切りは、巾着を刃物で切って金品を抜き取る。技術はそれ程必要ない。他人から見つからないように補助する役目の人間が必要なだけだ。刃物を使うのは大怪我の元。危なっかしくて仕方がない。

「小兵衛さんは詳しいですね」

「なにね、ある太鼓持ちからの受け売りですよ」

「そう言えば、小兵衛さんは妙仰寺で寝泊まりしているそうですね」

否定はしなかった。寺に住んでる小兵衛。掏摸にも詳しい。坊さんではないが「お寺に住んでいる小兵衛」が「住職の小兵衛」「坊主の小兵衛」「お坊主小兵衛」と変わっていくのも不思議ではない。髪結いが疑いを持つのも道理だ。縄張りを荒らす浪速の巾着切りを捕まえるのも当然。どう考えても、この若旦那が「お坊主小兵衛」に

違いないと考えるのも道理だ。

「小兵衛さん。うちの与太を捕まえないでくださいよ」

「おや、知り合いの息子さんじゃなかったのかい」

「いや、お恥ずかしい。実はうちの倅でして」

「そうでしたか」

「仲間が悪いんですよ。朱に交われば赤くなるって言うでしょう。言うことを聞かずに困ったもんです」

「それは大変ですね」

「そこで、さっきの話なんですが……うちの与太を捕まえないで欲しいんですよ」

「そんなことを言われてもね。第一、息子さんを知らないのでは、どうしようもないでしょう。もし掏るところを見つければ、捕まえるかもしれませんよ」

「それは困りましたね。何か目印でもつけましょうか。たとえば……揃いの手ぬぐいを腰に下げるとか」

「揃いの手ぬぐい？」

「うちの与太だけっていう訳にもいかないでしょう」

「それもそうですね。で、何人くらいいるんです」

「さあ、その辺は……しかし、お坊主小兵衛さんの孫弟子となると、かなりの数になるんじゃないですかねえ」

　自分の知らないところで、ねずみ算的に増えているのに驚いた。

「しかし、揃いの手ぬぐいだと、却って目立たないかねえ」

「目立たなくて、しかもそれと判る方法があるといいんですけどねえ」

　そんな都合のいい方法が見つかるわけもない。

「ところで父っつぁん。元結いは今二本目かい？」

「ええ、そうですが」

「一本で済ますことは出来ますか」

「そりゃあ、出来ますが」

「だったら、与太さんは一本にしなさい。そしたら見分けがつくんじゃありませんか」

「まあ、一本か二本か、ちょっと見じゃあ気付かないでしょうが、その気で見れば、すぐに判るでしょう」

「だったら、そうしなさい。懇意のお役人にも伝えておきますよ」

「懇意のお役人がいるんで？」

「ええ、まあ。元結いが一本の若者を見つけたら、ちょっと声を掛けてもらうようにしましょう。そうすれば、少なくとも、お役人の目の前では掏《や》らないでしょう。それに、目の前で掏摸を見つけたのに逃げられてしまったら、お役人も面目が立たないでしょうから。息子さんも掏らなければ捕まらないし、お互いにいいんじゃありませんか」

「そんなことができるんで？」

「まあ、お役人がウンと言うかどうかは判りませんが、頼むだけ頼んでみましょう」

髪結いの亭主に［お坊主小兵衛］と悟られても構わない。与太のことがあるので、訴えることもないだろうし、第一、掏摸はその場で捕まえなければ罪人になることもない。仮に［私がお坊主小兵衛だ］と名乗ったところで、掏摸の証拠がなければどうしようもない。「この人から掏られました」という訴えがあっても同様だ。証拠がなければ「掏られるお前が悪い」で終わってしまう。そういうご時世なのだ。

髪結いが終わると、いつものように吉原へと出かけた。五十間道へ入り、いつもの茶屋の前に来ると、そこは閉まっていた。休みの時は、いつもなら「本日休みます」という札が掛かっているのに、今日に限ってそれがない。番所に顔を出すと、いつものように加賀山がいたので、気さくに声をかけた。

「加賀山様。柳の傍の編み笠茶屋が札も無く閉まっていたのですが、何かご存じないでしょうか」

「お千代さんがいる茶屋のことかね」

「へえ、よくご存じで」

「よくご存じで、とは恐れいったね。こう見えても、吉原界隈のことなら何でも知っておるぞ」

「左様で。これはお見それいたしました」

「儂もちょっと気になって、さっき調べ直したところだ」

いつもこの番所で佇《たたず》んでいるので余程の暇人かと思いきや、妓楼の名前を始め、花魁の名前、素性まで知っている。五十間道の店についても、住まいは基より家族構成まで自前の帳面につけていた。

「住まいは浅草聖天町《しょうでんちょう》で、お千代さんの兄と両親の四人暮らしだな。行ってみるかい。どうせ、暇なんだろう」

その目は、行ってくれないかとお願いしているようだった。やはり五十間小町が気になるのだろう。もちろん小兵衛に否やはない。別れの挨拶をするとすぐに後戻りした。衣紋坂を右に曲がり、堤を一直線。隅田川に出る少し手前が目的地だ。千代の名前を出せばすぐに分かった。

「ごめんなさいよ。お千代さんはいるかい」

出てきたのは母親だった。

昨日の朝、兄の仙太郎と一緒に仕入れに出かけたが、帰ってきたのは仙太郎のみ。千代は途中で姿が消えて、神隠しに遭ったと言う。それからは一向に姿を見せない。

どうしたものかと、途方に暮れていた。神隠しだから、役人に申し出ても何もしてくれないだろうとそのままにしている。

「吉原の番所のお役人も心配してなさるんで、私から伝えておきましょう。ところで仙太郎さん。お千代さんがいなくなった場所を教えてくれませんか」

仙太郎は唇を少しだけ舐《な》めた。

「広小路へ出る手前で」

「どのくらい手前です」

「どのくらいと言われても」少し口をもごもごさせて「竹屋の渡しが丁度見えた所で千代がいなくなったのに気がついたんで」

「そこまで案内してくれませんか」

仙太郎は少し気味悪そうな仕草をしたが、しぶしぶ了承した。

家を出ると、左右に町屋が続いている。左手には隅田川が流れているが、町屋の陰になって、ちらちらとしか見えない。右手には浅草寺の本堂の屋根などが見える。暫くすると大通りになり、竹屋の渡しが左手に見えてくる。これより下流は大川と名前が変わる。

「丁度、ここでいなくなったことに気付いたんで」

「ここでねえ。辰の刻で間違いないですね」

「ええ、丁度五つ（八時頃）でしたよ」

「ところで、何処《どこ》へ行く心算だったんですか」

「茶屋町だよ」

「何と言うお店で？」

「そいつぁ知りません。千代についていくだけですから」

「でも、何度か一緒に行ったんじゃありませんか」

「いや、今回が初めてで」ちょっと落ち着きのない様子で続けた。「じゃあ、あっしはこれで」

「そうですか。では私はこの辺りを探してみますよ」

「捜すだけ無駄ですよ。何たって神隠しですから」

仙太郎は踵を返したので、背中に声をかけた。

「無駄でも構いませんよ。どうせ私は暇なんですから」

何か手がかりでも落ちていないかと辺りを見回しながらゆっくりと歩いた。材木町を過ぎれば隣が茶屋町だ。それまで千代の痕跡は何も見つからなかった。千代はどの店で買い付ける心算だったのだろう。尋ねること三軒目で分かった。

「お千代さんなら、私どもの店でお世話になっています。ですが、昨日来るとはとても思えません。いつもの予定だと、もう三、四日後に来る筈ですが……」

普段は六日か七日おきに来る。前回は三日前に来たので、余程の事情がない限りは、昨日、今日来る筈がないと言うのである。

帰りも辺りを探しながらゆっくりと歩いた。少し遠回りになるが浅草寺境内を通り抜けることにした。しかし道にはゴミ一つ落ちていなかった。

ふと顔を上げると、着流しに白い鼻緒の雪駄《せった》を履いている男が前を歩いていた。裏が白い紺の足袋《たび》。目明かしに間違いない。念のため懐をそっと覗くと、十手らしい物がちらっと見えた。しかも、更に五間ほど先に元結いが一本の若者が歩いている。ほんの数刻前に話題に乗せたばかりだ。まさかとは思ったが、ちょっと駆け足で目明かしを追い抜き、若者に並んだ。

「お前さん。後ろに股引《ももひき》の男がいるだろう」

ちらっと後ろを向いて確かめた。

「それがどうかしましたか」

「目明かしですよ。ここで変なまねをしなすんな」

「へい。ありがとうでやんす」

素直に礼を述べたところをみると、間違いなく掏摸だ。髪結いの倅に違いない。小兵衛はそのまま聖天町へと向きを変えた。

千代の家に着くと開口一番、訊いた。

「父っつぁん。近々、客が来る予定でもありますか」

「いえ、別にいつもと変わりはありません」

「そうですか」

とは言ったものの、ある疑惑を持った。神隠しではなく、何処かにいる筈だと。仙太郎の何となくぎこちない応対も気になる。夕方、安たちに相談を持ちかけた。

「済まないが、お前達の兄弟分をみんな集めてくれないだろうか」

「それは容易いことです。なあ、みんな。ですが、一体どうなすったんで」

「それは、明日みんなが集まった時に話します。八つ（午後一時半頃）か七つ（午後三時頃）には集まるかね」

「四つ（十時半頃）には集められます。急ぎなら五つ（八時頃）には集めてみせます。お前達はどうだ」

「へえ。あっし達もそれくらいには。なあ」

二人は頷いた。

「そうかい。ありがとよ。じゃあ四つということで頼みましょうか」

四人は合点承知とすぐに寺を出た。

翌、四つ前。若者がぞろぞろと集まってきた。安たちを含めると総勢十五人。短時間にこれだけの人数が集まるとは思ってもみなかった。和尚に頼んで本堂を使わせてもらうことにした。

「おや、お前さんは昨日の……」

「へえ、銀次と申しやす」

「髪結い亭主の息子さんだそうだね」

「いえ、違いやす。そりゃあ鉄のことでしょう。鉄」

呼ばれて来たのは十五、六の若者だった。もっとも、ここにいるのは殆ど同じ年頃の若者ばかりだ。鉄が髪結いの倅で、銀次は鉄の兄弟分というところだ。鉄から聞いた銀次もすぐに元結いを一本にし、その兄弟分も次々に。そして、ここにいる半数近くの者が一本だった。情報伝達の早さには唯々《ただただ》驚くばかりである。

お互い、初対面の者も多く、それぞれ縄張りがあるのか、北は千住から南は深川まででばらばらだ。それぞれ紹介が終わったところで小兵衛がやっと口を開いた。要は、千代を捜すことだ。出かけた時刻といなくなった時刻は分かっている。その間に見かけた者がいないか捜そうというのだ。千代と仙太郎の人相も伝えた。二人組を作って区域を決め、暮れ六つ（午後五時頃）に、ここで集合することにした。一人余ったので、安は小兵衛と組んだ。

「清吉。みんなに今日の手当を渡しておくれ。飲まず食わずと言うわけにもいかないからね」

金が渡されると早速、聞き込み開始だ。

小兵衛は特に持ち場を作らなかった。相変わらず吉原通いだ。番所で適当におしゃべりをする。その中から、何か情報がないかを探った。安は閉まっている茶屋の前をぶらぶらしていた。しかし、今日は手ぶらで帰ることになった。

さて、暮れ六つになると、みんなぞろぞろと戻ってきた。

「ご苦労さんでした。で、結果はどうでした」

全員が否定的な返事だった。

「明日、もう一度手伝ってもらえないだろうか」

みんなに否やはなかった。

「じゃあ、明日は五つに集まってもらえるかね」

快く承知してくれたのはいいが、一体いつまで続けたらいいのだろう。先が見えず、安否も気になる。

翌日は二十五人集まった。しかも、皆《みな》がみな、元結いが一本なのだ。小兵衛の知らないところで、繋ぎの仕組みが出来上がっているのだろう。驚きを覚えずにはいられなかった。しかし、敢《あ》えてどうなっているのか探ろうとはしなかった。

捜索範囲を広げたが、役に立つ情報は一つもなかった。これだけの人数で捜しても見つからないのだ。やはり神隠しだろうかと不安が過《よ》ぎった。仲間の協力は明日までにして、後は安達だけに頼もうかと思った。


次の日、汗をびっしょりかいている若者が一番にやってきた。

「お坊主小兵衛さんはご在宅でしょうか」

「私が小兵衛だが、どちらさんで」

「左様ですか。これはお見それをしやした。もっと年寄りかと思ってやした。辰と申しやす。仲間内から人捜しをしていなさるって聞いたもんで」

「そんなに汗をかいて、一体どうしなすった」

「へえ、品川からずっと走ってきましたので」

「そんな遠くからわざわざご苦労さん。さあ、どうぞどうぞ」

「どういたしまして。親分の為なら何でもいたしやす」

「親分はよしとくれ」

「ううん……じゃあ名人」

「名人もよしとくれ。小兵衛でいいよ」

清吉に手ぬぐいを持ってこさせ、水も与えた。若者達が少しずつ集まってくる。少し落ち着いたところで辰が切り出した。

「小兵衛兄《あに》さん。今回の件とは関係がないとは思いますが、ちょっと気になることがありやして」

「ほう、どんなことだい」

「北品川宿の外れにある善伏寺《ぜんぷくじ》という所に、時々娘が駕籠に乗ってやってくるんですが、お千代さんが居なくなった日も、暮れの五つ頃（午後七時頃）に十七、八の娘が一人来たらしいんで。それがかなりの器量好しだったそうで」

その時刻は既に暗くて、顔立ちまで判るはずもないが、話というものは大きく派手になるものだ。娘がやって来たという事実だけが確認できたと言う方が正しいだろう。しかし、千代がいなくなってから随分と時が経っている。千代である筈もない。

「そうですか。ありがとう。とりあえず今日、行ってみることにしましょう。案内してくれますか」

「ようござんす」

そんな遠くに居るはずもないが、わざわざ連絡をしてくれたのだ。無下にするわけにもいかなかった。そんな話をしている間に、掏摸仲間がぞろぞろと集まってきだした。今日は総勢三十五人にものぼった。

全員が集まったところで打ち合わせをし、持ち場を決めた。小兵衛は辰と一緒に品川まで出向いた。

二刻（約四時間）近く歩いただろうか。しかし、辰は少しも苦にしていない様子だった。なぜなら掏摸の技術を直《じか》に教わったのだから、わざわざ来た甲斐があったというものだろう。「貧乏人から掏るな」は良いとして「悪事に使うな」と、詮無いことも付け加えた。

武家屋敷を過ぎると品川歩行《かち》新宿になる。お稲荷さんの向かいに甘酒の幟《のぼり》が立っている店があった。そこを過ぎると寺があちこちに見える。その一番近い所にあるのが善伏寺だ。妙仰寺の三倍はあろうかという寺だ。尤《もっと》も、妙仰寺が小さいので、それ程大きいとも言えないが。

辰には外で待ってもらって、裏門から一人で中に入っていった。本堂の他にも塔が一つ。その他にもいろいろな建物が回廊で繋がっている。真ん中辺りの建物には、入り口に厳《いか》つい男が二人立っていた。

「誰だ」

「へい。小兵衛と言うケチな野郎でして。急に催《もよお》しまして、ちょっと厠《かわや》をお借りしたいのですが……」

「そこだ」

指さしたのは一つ手前の建物だった。礼を述べると、そそくさと厠へ向かった。こんな所に男が二人、あたかも何かの見張り番のように突っ立っているのは、何となく解せない。千代の問題とは関係がなくても、何か大きな隠し事があるに違いない。それが何かは分からないが、どうせ暇人だからと、そこを観察することにした。

　厠から出ると、礼を述べた。

「用が済んだらさっさと帰れ」

「へい」

　いそいそと出て行き、中の様子を辰に話した。

「だったらあっしが、床下にでも潜りやすよ」

　躰が小さいので、適任と思い、辰に床下に潜らせ、小兵衛は物陰に隠れて様子を見ることにした。

　暫くすると、これまたやさくれた男が、お盆に握り飯をたくさん載せて別棟からやってきた。そのまま戸を開け中に入ると、空手ですぐに出てきた。三人の女がその後ろに続いて来た。何とその中に千代がいたのだ。これには驚いて思わず声が出そうになった。厠の前で止まり、順に用を足しているようだ。入れ替わりで、更に三人が用を足した。千代のいることが分かれば取り敢えずは用が済んだので、隙を見計らって外に出た。辰が出てきたのは八つ（午後一時半頃）前だった。

「辰さん。お手柄だ。お千代さんがいたよ」

「へえ、そうですか。それはようござんした。万一《まさか》とは思ったんですがね」

「その萬壱《まさか》が大当たりだったよ。本当に有り難う。感謝してもしきれないくらいだ。それにしても、何でこんな遠くにいるのか皆目見当がつかないよ。それで、そっちは何か分かったかい」

「娘さん達が十人近くいやした。如何様《いかさま》博打で金を巻き上げ、金を貸して返せなくなると娘を抵当《かた》に取ったようですぜ。中には掠《さら》われてきた娘《こ》もいるようで」

「人攫《さら》いもやってるのか」

「へえ、そのようですぜ。何でも近々、女衒が数人やってきて、各地に売り飛ばすという話でやす」

「そんなことか」

「それに、次の獲物も決まってるようでやす」

「どこの誰だい」

「そこまでは」

それだけ分かれば上等だ。何せ千代が見つかったのだから。如何様博打や人攫いとなると、何とかして助け出さなくてはならない。しかし、寺での出来事だ。加賀山に頼んだところで何の力にもならないだろう。それに近々身を売り飛ばすと言う。事は急ぐ。とにかく千代だけでも助け出さねば。小兵衛は再度、辰の仕事ぶりを褒めあげ礼を言った。

「ところでお前さんと繋ぎをつけるにはどうしたらいい」

「あそこに甘酒の幟が見えるでしょう。あの店に姉がいるので言い付けてくだせえ」

二町（約二〇〇メートル）程先に幟が見える。真っ直ぐな道で見晴らしがいい。向かいにはお稲荷さんもある。

「分かった」財布から一両を取りだした。「今日のお礼です。取っておくれ」

「今朝、駄賃は頂きやした」

辰は断ったが、大きな働きをしたので、これでも少ないくらいだと言うと、辰も受け取るしかなかった。

小兵衛は妙仰寺へと急いだ。「戻り駕籠だ。安くしとくぜ」と言う言葉につられた訳ではないが、途中まで利用した。それで何とかみんなが戻る時刻には間に合った。

「みなさんのおかげで、見つかりました」

報告が済むと、

「清吉。みなさんにお礼を差し上げてくれないか」

みんなは見つかったことだけでなく、謝礼にも大喜びした。しかし、問題は残っている。「後はこちらで対処します」とは言ったものの、何ら対策がある訳ではない。ただ居場所が分かったというだけだ。

みんなが帰った後、千代の家に行った。着くとすぐに仙太郎を外に呼び出し、詰問した。仙太郎はしょげかえり素直に認めた。

「すまねえ。実は、博打の借金の抵当に千代を渡したんだ」

「借金は全部でいくらだね」

賭場は深川の永帝寺《えいたいじ》で、一両借りてはまた一両。積もり積もって十両になった。借用書が十枚もあり面倒だから、十両の借金という一枚に作り直そうと持ちかけられ、それを了承した。借用書を作ったまでは良かったのだか、一両の借用書十枚を渡してくれと言うと、何の話だいと惚《とぼ》けられ、結局二十両に膨れ上がってしまった。

何と悪どいやり口だろう。十両なら今すぐにでも何とかなるのだが、二十両となるともう少し稼がなければならない。しかし、それだけの金子《きんす》を掏れば、打ち首だ。尤も捕まるとはこれっぽっちも思っていないが、万に一つと言うこともある。借りるしかないが、抵当もないのに誰も貸すはずがない。あの人ならひょっとしてと吉原の番所へ行った。

いた、いた。

「加賀山様」

心配していた千代は借金の抵当に取られ、品川宿にいることを知らせた。

「ところで加賀山様。二十両ばかし貸して頂けないでしょうか」

「何を馬鹿なことを。儂がそのような大金を持つわけがなかろう」

「そこを何とかお願いできませんか」

「お前さんを信用して、三浦屋から借りてやろう。お千代坊のためにもな。必ず返せよ」

「へえ、それはもう……ところで、そこでは拐《かどわ》かしもやってるそうなんです」

「確たる証拠でもあるのか」

「いえ、それは。ただそういう噂があると言うことだけで」

「噂だけではのう。第一、寺の中のことは寺社奉行の範疇《はんちゅう》だから儂らには手が出せぬ」

「では、寺の外なら取り締まりが出来ると言うことですね」

「門前町も駄目だ」

「門前町もですか。解りました」

「では、ちょっと待っておれ。金を借りてくるから」

「へい、ありがとうございます」

待つこと暫し。加賀山が大金を手にして、戻ってきた。

「では、しかと渡したぞ」

「借用書を書きますので中へ」

「いや、お前を信用しておる。そんな物は要らぬ」

「いいんですか。ありがとうございます。では、急ぎますので、これで」

妙仰寺へ着くと、清吉が待っていた。

「清吉。今、金はどのくらいある？」

「ここに十両準備しております。今はこれで精一杯で」

「そうかい。ありがとよ。加賀山様から二十両借りてきたので、これだけあれば何とかなるだろう」

清吉と作戦を練ったが、良い案が出るはずもなかった。とりあえず、偽の切餅（二十五両）を清吉に作らせることにした。


翌夕、三十両を手にして仙太郎と深川へ向かった。今日は賭場は開いていない。貸元を呼び出してもらった。借金を返すので、千代を返して欲しいと頼んだがそれは無理な話だった。女衒に八両で売り飛ばしたと言う。嘘か本当かは判らないが、その後は何処へ行ったか関知しないらしい。

居場所は分かっている。借用書は二十両だが、元々の借金は十両だ。それを八両で売ったとなると、やはり如何様で作った借金だろう。

その翌日、清吉と共に品川へ赴いた。北品川宿の手前が歩行新宿で、甘酒の幟を見つけると座り込んだ。すぐに二十歳前後で笑窪《えくぼ》が愛らしい娘さんが出てきた。長い道のりだ。先ずは甘酒で一服した。

「ところで、姉さん。辰さんという十五、六の男を知ってるかい」

「ええ、私の弟です。小兵衛さんですね」

「そうですが」

「話は聞いています。すぐに呼んできます」

「そうですか。そうしていただけると助かります」

娘はゆっくりと歩き出した。代わりに親父が出てきた。

「出来の悪い息子がお世話になっております。それにしても、近頃のお寺は落ちたもんですね」

親父も事情は飲み込めているようだ。挨拶を交わしている間に娘は善伏寺へと消えた。辰は今も潜り込んでいるのだろう。合図を決めて呼び出すようにしていると言う。大声を出す訳にはいかない。これは親父さんの入れ知恵だろう。間もなく二人が戻ってきた。

親父さんにも一役買ってもらうことにした。作戦は練ってきたが、更にやり易《やす》くなった。

清吉と三人で寺へ向かった。左手には大海原が広がっている。

「私は用心棒風の男に面が割れているので、清吉に任せるよ。値段の交渉も私よりは慣れてるだろう」

「へい、よござんす。女衒が十両くらいで売ったとすれば、十二、三両は言ってくると思いますが、文句は言いっこなしですよ」

「分かってますよ」

「じゃあ、打ち合わせ通りに」

「あっしはいつものように床下に潜りやす。お先に」

辰は小走りに駆け出した。辰は先日同様裏門から入ったが二人は素通りし、次の角を右に曲がり、南門の前で止まった。今日は堂々と表門からだ。清吉は一人で中へ入っていった。

四半刻すると、辰がやってきた。

「小兵衛さん、店へ戻りやしょう」

道すがら辰は中の様子を語った。

清吉は千代の親戚の者だと称して、元締めに面会を求めた。いろいろと言い立てられ、結局、二十両で手を打つことになった。三日後に入札で売り飛ばす予定で、十五両にはなるというところを、元締めの特別の計らいで、二十両なら今すぐ引き渡してもいいというのでそれに同意したらしい。ちょっと吹っ掛けられたなと思ったが、仕方がない。大金を持ち歩くのは物騒なので、知り合いの甘酒屋に預けているので、そこまで連れて行くことになった。全て打ち合わせ通りだ。

今にも雪が降り出しそうな天気だ。しかし、心持ちを曇らせてはいけない。再度、入念に作戦の確認をした。

「この辺りはあっしの縄張りで、獣道まで諳《そら》んじておりやす。任せてくだせえ」

二人が茶屋で座って待っていると、元締めと思われる厳《いか》つい男と、千代と清吉の姿が見えた。準備は出来ている。後は上手くいくことを願うばかりだ。二人は無駄話を始め出した。さあ、これからが勝負だ。

清吉は店に着くと声をかけた。

「やあ、父っつぁん。さっき預けた物を頼みます」

交渉は既にまとまっている。男の目の前で二十両を確認させ、紙にくるんで飯粒でバラバラにならないように固定した。それを渡し、証文と一緒に千代を貰い受けた。無事、商談成立だ。その間、千代は一言も口を開かなかった。

男が戻り始めると、小兵衛が立ち上がった。寺まではそれ程遠くない。時間は限られている。気は急《せ》くが落ち着かねばならない。続いて辰も腰を上げた。清吉は千代を連れて家路へと急いだ。

辰は打ち合わせ通り、後をそっと付いてきた。小兵衛はすぐにいつもの調子で男に気安く声をかけた。今見た金のやり取りについては口を出さなかった。近頃吉原辺りで流行《はや》っている遊びや、大火の復興の様子など、問わず語りに続けた。その間に財布を抜き取り、辰に手渡すと、代わりの切餅と入れ替えた。さすがに二十両ともなると、懐の重さですぐに気付かれてしまうので、代わりに錘《おもり》になる物が必要だ。それで何とか誤魔化そうとしたのだ。

仕事が終わると、辰はすぐに横道に入った。まだ半分の道のりがある。しかし、そのままずっと話しかけた。男が裏門に入るとそこで別れ、次の角を右に曲がった。南門を通り過ぎ、次の角に差し掛かると、横から急に声を掛けられた。辰だ。

「小兵衛さん。こっちです」

「おや、もう来ていましたか。随分と速いですね」

「お茶の子さいさいでさあ」

二人は寺を見下ろす高台へと向かった。寺の方が少し騒《ざわ》ついてきた。

「やっと、気付いたようですぜ」

下の騒動を尻目に二人は元の街道へと急いだ。

「そうだねえ。狐《きつね》に化かされたと思うかも知れないね」

「でも、後から追いかけられませんか。この狐野郎って」

「ははは、狐野郎はよかったね。しかし、案ずるには及ばないよ。証文は親父さんが店で燃やしただろう。証拠は何もないさ。いざとなったら、拐かされた娘だと言い張って、役人に訴えると脅してやるさ。むこうは臑《すね》に傷のある身だから、引かざるを得ないだろうね」

「そこまで考えてなさるんじゃ、相手は手も足もでませんね」

「二十両も盗んで捕まれば死罪だからね。慎重の上にも慎重に事を運ばないと」

「ところで小兵衛さん」

辰は内緒の話を始めた。寺に毎日のように潜り込んで得た情報で、人攫いの件だ。十日に火付けをして、そのどさくさに紛れて、娘を掠う心算らしい。場所は八丁堀や日本橋という言葉がちらっと聞こえただけで然《しか》とは判らなかった。更に二日後に女衒が集まり各地に売り飛ばすと言う。肝心な所はひそひそ話になり、うまく聞き取れなかったそうだが、それだけでも上出来だ。何と言っても日にちが判ったのだから。

店に戻ると、親父さんと娘さんにも礼を述べた。

「これは今までのお礼です」

そう言って五両を親父に渡そうとした。辰に渡すと何に使うか分からないからだ。

「そんな。勿体ない」

「十両の借金をこれで済まそうというのですから、少ないくらいです」

「そうですか。それでは有り難く頂戴いたします」

「とても美味しい甘酒でしたよ。そのお金でもう少し手広く商いすればきっと上手くいきますよ」辰に向かって「これだけあれば充分でしょう。決してヤクザな仕事に手を染めるんじゃありませんよ」と念を押した。

「分かりやした」

辰は案外、生真面目な性分だろうなと思った。商いに精を出せば、掏摸家業をする暇もなくなる。自然と手を洗うことになることを期待した。

「駕籠に乗るんでしたら、あれにしなさい」辰が指さした方向に、客待ちをしている駕籠が見えた。「この辺は雲助がおりやすので。あっしの名前を言えば快く乗せてくれやすよ」

「ありがとう。そうさせてもらうよ」

駕籠に乗ると清吉と千代を追った。女の足だ。すぐに追いついた。駕籠を降りると代わりに千代を乗せた。

三人は妙仰寺を素通りし、日本堤に入った。見返り柳まで来ると、清吉に声を掛けた。

「私は吉原へ行くので、お前はお千代さんを家まで送り届けておくれ。駕籠舁《かき》には手当を充分に弾むんだよ」

そう言い残して吉原へ足を向けた。

番所に着くと早速、借りた二十両に一両の利子をつけて返した。加賀山も挨拶そこそこに出かけ、間もなくして戻ってきた。三浦屋が利子は要らないと言って返したので、小兵衛の手に一両が戻った。そして、火付けや人攫いの件を話した。

「十日か。火盗改の土屋様と相談して善処しよう」

そうか。火盗改という手があった。しかし、あまりにも取り調べが酷《ひど》く誤認逮捕が続いたと聞く。「乞食芝居」と呼ばれるほど嫌われている役所だ。あまり頼りたくもないが仕方がない。

「どういうお方で」

「お前の杞憂は分かる。しかし、心配には及ばぬ。五月に着任したばかりで、まだ様子を観ているというところだ。今のところ仕事は丁寧にしているらしい」

少しほっとする。いずれにしても、頼らざるを得ない。

「左様で。ではまた、新しい情報が入りましたらお知らせします」

小兵衛は加賀山から信用されていることを感じた。


十二月十日。

総動員をかける。辰も当然ながらその中にいた。日にちに変更の情報はない。

火付けと盗賊の方は土屋が手配。加賀山は人攫いを主に見張ることになった。しかし場所が判然としない。狙いがそもそも八丁堀なら大変なことだ。奉行所の面目丸つぶれだ。日本橋というのも気に掛かる。

小兵衛が焼け出された先の大火について「田」の字を用いて少し説明をしておこう。上の横線が日本橋川で左半分の真ん中あたりに日本橋が架かっている。中横線の左半分が京橋川、右半分が桜川（八丁堀川）。下の横線が汐留川となる。その左半分に橋が三つ架かっている。左から土橋、難波橋《なんば》、新橋（後の芝口橋）、右半分の一番左端に汐留橋（後の蓬萊橋《ほうらい》）がある。

左の縦線が外堀。中縦線の上部分が楓《かえで》川、下半分が三十間堀川。右縦線の上半分が亀島川で下半分の大川へと繋がる。

今度は「田」の字を四つのマス目と考えよう。右上のマス目には武家屋敷が並び、その一番下の方に八丁堀（町）がある。右下のマス目は大名屋敷だ。左のマス目は上下両方とも町屋になる。

勅額火事と呼ばれるようになった大火は、左下のマス目中央部から出火し、左上のマス目へ延焼した。右半分は被災から免れている。風向きが右上方へと変わり、左上マス目の更に上の町屋は無傷。その右の町屋へと延焼。そして両国方面へと向かったことになる。

今回、火を点《つ》けるとすれば何処だろう。八丁堀？　日本橋付近？　それとも別の場所か。武家屋敷や八丁堀、大名屋敷は瓦屋根が多い。それに引き替え、町屋は板葺き屋根だ。火をかけるなら、町屋だろうと役人達はにらんでいた。八丁堀や大名屋敷の西側の町屋は、先の大火でほとんど焼失し、新しい家が次々に建てられている。材木が積まれたままになっている所もかなりある。この辺りを中心に手分けをして警護に当たることにしたそうだ。もし別の場所だとしても、駆けつける準備だけは出来ている。定火消しも準備して待っている。

小兵衛も仲間を総動員して町屋を見回ることにした。役人達が見回る場所以外で近くの町屋と言えば日本橋より北側しかない。更に安たちに言い含めた。八丁堀の方へ火勢が延びるにはどの辺りが適当か、風の向きを考えて見張るようにと。

加賀山は小兵衛と新橋の川縁で待つことにした。日本橋、八丁堀という言葉から、善伏寺へ行くには京橋川か八丁堀川を渡るかだ。八丁堀川には中程に中ノ橋が架かっているが、まさか八丁堀川を選ぶはずはないので京橋辺りで待ってはどうかと言ったが、加賀山は更に南の汐留川を選んだ。万が一、八丁堀のど真ん中を通ったとしても、汐留橋を通るしかない。それならば難波橋と汐留橋の間にある新橋が最適だと言うのだ。

「風が少し強くなってきたな」

「火を点けるとするとやはり夜じゃないですか、加賀山様」
「彼奴《やっ》らが大火を狙っているとすると、空っ風も警戒せねばな」
「こんな真っ昼間でもですか」
「それは彼奴らに訊かねば判らぬが、用心に越したことはない」
「そうですね、何と言っても若い娘さんの命がかかっていますからね」

そんな話をしている頃、安たちは日本橋の北側を見回っていた。空っ風が北から吹いてきだしたからだ。

未の上刻（午後一時頃）、銀町《しろがねちょう》（後の本銀町）付近を見回っていた安は何かが焦げるような臭いを感じた。臭いのする方へと急いだ。石町《こくちょう》だ（後の本石町）。火の手が上がっている。安たちの勘が美事に当たった。急いで駆けつけたが既に三カ所から火の手が上がっていた。更に火を点けようと油を撒いている男がいる。火を消すのが先か、犯人を捕らえるのが先か、一瞬迷った。既に火は大きくなっているし、油も撒かれているだろうから、手に負えないと即断した。

「火事だ」と大声で叫びながら、すぐに犯人を追った。逃げ足は速く、距離は一向に縮まらない。声を聞きつけた辰に「あいつだ」と指さした。一直線に南下している男を辰が追い始めた。賊は疲れてきたのか、速度が落ちた。距離が縮んでくる。もうすぐだ。ところが日本橋を渡りきった所でちょうど通りかかった火盗改とぶつかった。

「何者」

「火付けの犯人です」指さす先に男が走っている。「あっ、今あの角を右に曲がりやした」

ここからは未だ火の手は見えない。辰は髷を摑まれぐるっと回された。

「小兵衛の手下だな」

「へい、左様で」

役人は手を離すと急いで走り出した。元結いを見て小兵衛の手下の掏摸だとすぐに気付いたようだ。あちこちで笛が鳴る。それと同時に半鐘も鳴る。

安は大声で叫び回っている。暫くすると定火消しがやってくる。町は大騒動だ。

数ヶ月前の大火と違って、今度は北からの空っ風だ。火の手が次第に大きくなってくる。とても手に負えるものではない。風に乗って火の粉が舞い飛ぶ。町屋を次々と襲い、あっと言う間に日本橋へと魔の手が延びる。一刻も経たぬ間に日本橋を乗り越える。大名屋敷は広く、準備をしているので小火《ぼや》程度ですぐに消し止められたが、新築の家屋や建築中の建屋がまた焼《や》られる。更に八丁堀へと火の手は広がった。男手が出払っている八丁堀は完全に餌食となるだろう。しかし一ト月前の教訓もあり、定火消しも準備万端怠りなかったので、広まり方はかなり限定されているようだ。

加賀山と捕り方数人、そして小兵衛は川縁で火の手を気にしながら橋を見張っていた。火元の方は燃える物が無くなってきたのか、次第に収まっているようだが、新たな火の手が八丁堀から佃島の方へと回っていくのが見える。

待つ身は長い。今までに三度ほど駕籠を見つけては中を改めたが、いずれも違った。もう陽が沈みかけている、薄暗い空からは太陽がぼんやりと見える。先の大火では雨が功を奏したが、今回はそれも望めそうにない。町火消しに頼るしかないだろう。

安が握り飯をもってきた。打ち合わせ通りだ。

「日本橋では人がどっと押し寄せ、大勢の死者が出たと言う話ですよ」

加賀山は大きな溜息をついた。

「あの辺りが八丁堀だろう」

今から戻ったところで何も出来ぬことが判る。加賀山にも差し入れが来る手筈なのだが、まだ来ぬ。妻と娘の安否が気にはなるが、お役第一と、じっと耐えているのが痛々しく感じられる。

みんなで分けた握り飯が無くなり、一息つこうとすると、汐留橋に駕籠が一丁やってきた。付き人が二人、後を追っているようだ。提灯《ちようちん》にはまだ灯《とも》が点っていない。

急いで移動する。橋に辿り着くと駕籠は二十間ほど先だ。急いで追いかける。五間ほどに迫った時、やっと加賀山が声を掛けた。

「その駕籠、待て」

待てと言われて待つような駕籠ではないが、後ろの二人は立ち止まって振り向いた。薄暗かったが、すぐに善伏寺で出会った用心棒風の男だと気付いた。息を沈める間などない。

「この駕籠に間違いありません」

それに呼応して、加賀山が十手を手にする。用心棒が問答無用とばかりに刀を抜くと、捕り手もすぐに構えた。刺叉《さすまた》、袖絡《そでがらめ》、突棒《つくぼう》の三道具が二本ずつ揃っている。十手持ちも二人いる。二人をあっと言う間に捕まえた。その間、小兵衛は駕籠を追いかけ、追い越し、振り向いて両手を広げた。

「その駕籠、止まれ」

雲助二人は、用心棒が捕まったのを見て取ると、駕籠を捨てて一目散に逃げ出した。覆いを捲《めく》って中を確かめると、五十間小町と言われたお千代に引けを取らない美しい娘さんがいた。猿轡《さるぐつわ》を解《ほど》くと無事を確かめ、手を取って駕籠から出した。そこへ加賀山が追いついた。

「妙《たえ》、妙ではないか」

何とそれは加賀山の一人娘だったのだ。まさか自分の娘が拐《かどわ》かされるとは夢にも思ってもいなかったのだろう。躰を労《いたわ》り、妻の安否を訊ねるが全く要領を得ない。それも道理と、今にも泣きそうな娘に慰めの声を掛けた。小兵衛も「奥方様もきっと無事ですよ」と言うしかなかった。小兵衛は妙を駕籠に乗せ、安と慣れない手つきで担いだ。

捕り物の一部始終を見ていたのだろう、男達の話し声が聞こえてくる。

「今の捕り物といい、今日の火事と言い、面白かったなあ」

「火事と喧嘩は大きければ大きいほど面白いって言うけど全くだねえ」

加賀山は顔を顰《しか》めただけで何も言わなかった。堪りかねた小兵衛は駕籠を下ろし、つかつかと二人に寄ってきて怒鳴った。

「何を馬鹿なことを言うか。火事が大きい程面白いと言うなら、お前たちの家に火を点けてやろうか。さぞ楽しいだろうな。家は何処だ」

「いや、相済まんこって」

そう吐き捨てると、さっさと二人は逃げ出した。

「隣の火事と言うことを知らぬ輩で、申し訳ありません」

小兵衛は男達に成り代わって加賀山に詫びた。

汐留橋の手前で二手に分かれる。加賀山たちは奉行所へ、小兵衛は安と駕籠で妙を八丁堀へ送ることにした。橋を渡ると、木挽町が長々と続く。この辺りは難を逃れている。右手に大きな武家屋敷があるのが幸いしたのだろう。突き当たりを右に曲がると、すぐに南八丁堀だ。だいぶ焼《や》られている。中ノ橋を渡りしばらくすると加賀山の屋敷だ。

奥方が崩れ落ちた門前で茫然自失の体で佇《たたず》んでいた。駕籠には全く気づいていない様子だ。妙を降ろしてもまだ気づかない。

「奥様」

声を掛けるとやっと顔を上げた。妙を認めると大声で名を叫びながら駆け寄ってきた。気を取り直すと、少しずつ語り始めた。流石は加賀山様の奥方だと感心せざるを得なかった。

奥方は危うく殺されそうになったので、妙が掠われるを見過ごすことしかできなかったと言う。家に火が付いたので盗賊が慌てて逃げ出し、何とか助かったそうだ。嫁入りのために蓄えていた金はそっくり奪われたと言う。『命あっての物種』と慰めるしかなかった。

「加賀山様は、今宵は詮議で忙しく帰れないだろうと申しておられましたが、奥様はどうされます」

陽が高ければ、何とか算段もつくのだろうが、どうすることもできないようだ。重苦しい沈黙が続く。

　近くに頼れる男が居ることに思いが至ると安にここで待つようにと指示を出して小走りに出かけた。思った通り、文左衛門宅は難を逃れていた。事情を説明すると、二人の面倒を見ることを心安く引き受けてくれた。これで一安心だ。

　火付盗賊改方は、詮議が済むと翌早朝、善伏寺へ押しかけ、元締め一味を全員捕まえたと言う。住職達も責任は免れまい。

如何様《いかさま》博打

「加賀山様。盗まれた金が戻ったそうですね」

「おお、小兵衛か。流石に耳が早いのう」

元気そうな顔を見てホッとした。

「おまけに報奨金も出たそうで」

「そのことよ。仕事をしたまでの事と断ったのじゃが、お前さんの手下の働きがあればこそ火付けの犯人を捕まえることができたと、火盗改の土屋様から押しつけられての。これは全てお前と仲間達の物じゃ。受け取れ」

切餅二つが差し出された。善伏寺で没収した金の一部が回ってきたのかも知れない。どうせ押しつけられるだろうと、素直に受け取った。この金で、仲間達に礼をすればよい。それにしても多すぎる。

「じゃあ、遠慮なく。ところで、これは今度の見舞金で」

半分の二十五両を戻した。

「そうか。済まぬのお。有り難く頂戴する」少し涙ぐんでいたようだ。「ところで、年末になるとあちこちで賭場が開かれるようだ。中にはイカサマをする輩がいるかも知れぬ。寺のことになると、火盗改と違い、儂らは手出しが出来ぬ。何とかならぬかのう。また仙太郎のような者が出てこないとも限るまい」

　普通の鉄火場なら町奉行で取り締まりもできるが、寺で賭場が開かれることは寺社奉行も黙認状態だ。寺銭で何とか遣り繰りをしているところもかなりあるらしい。しかし、如何様となると仙太郎のような者も出てくる。加賀山は永帝寺で如何様が行われていると考えているようだ。暗に何とか出来ぬかと問うているのが判った。今度の火災の意趣を晴らそうと考えているのかもしれないなと思った。

　人の物を掏ることなら何とかなるが、如何様については頓と不案内。仙太郎の仇が取れればとは思うものの、如何様という確証もない。

「そうですね。もしイカサマなら何とかしたいですね」

「まあ少し考えてみてくれ。儂は忙しいので席を外すが、お前さんは茶でも飲んでゆっくりしていけ」

　入れ替わり立ち替わりに見舞い客が来る。随分と忙しそうだ。一服すると、帰途についた。

　何とかして欲しいと暗に言われたが、出来ることと言えば掏摸しかない。どうすればいいのか皆目見当もつかなかった。とりあえず仙太郎に訊いてみた。

永帝寺では毎月、一のつく日、つまり一日、十一日、二十一日に賭場が開かれると言う。別に急ぐ必要もない。のんびりと構えることにした。先ずは如何様かどうかを見極めねばならない。しかし、どうやって如何様をするのかが判らない。先ずは丁半博打がどのようにして行われるのか、そこから教えてもらった。

鉄火場は丁半どちらに賭けてもよいが、寺で行う博打は丁半の盆座が、丁座と半座の二列に分かれており、丁座に座れば丁しか賭けられないし、半座に座れば半にしか賭けられないようになっている。壺振りが壺《つぼ》を振った時点で丁か半かは決まっている。ただ見えないので判らないだけだ。丁方と半方のコマが揃ったところでそっと壺笊《つぼざる》を開け、初めて結果が判る。どちらかが勝ち、反対側の人が負けるだけだ。贋賽《いかさまさい》を使って丁が出やすくしたり半が出やすくしたりしたところで何の意味もない。貸元の儲けは勝った者から取る一定割合の寺銭だけだ。尤も永帝寺では、更に賭場に入る前にも寺銭を払う仕組みになっている。寺銭の二重取りだが、みんなは承知の上だ。

では、仙太郎は一体どのような方法でカモにされたのだろう。数人を集め、考えを聞いた。そして得られた結論は、みんなで調べようということだった。賭場について調べる深川組と、如何様について調べる賽《さい》組とに分かれた。

深川組からは、壺振りと中盆《なかぼん》が誰かを特定できた。中盆とは、壺振りと面して座り、丁半が揃ったかどうかを確認し、勝負に持ち込む人、つまり審判役だ。その二人は当然のことながら賭には加わらない。丁半の数が揃わない時はその勝負はお流れとなるか、貸元が肩代わりをする。如何様があるとすれば、貸元と壺振りは関わりがあるだろう。二人の住まいや仕事、仲間などを調べ上げた。

賽組からは、賽賽の仕組みが見えてきた。先ず一番正確に作られた賽とはどのようなものだろう。それはどの目も一様に出る物だ。ところがこれがとても難しいそうだ。柘植《つげ》の木を使う物が多いようだが、目の所を掘ってそこに墨を入れる。高級な物になると漆を使うらしい。ところが掘ればそれだけその面の重さが軽くなる。そこで裏面になる六の目は、一の目と重さが同じようにするために掘る目の量を六分の一にする。つまりは一の目が一番大きく、二の目、三の目となるにつれてだんだん小さくするのだが、なかなか均一にすることは難しい。そこで一の目だけ大きく、残りは同じ大きさで掘る物が多いという。でもそれは贋賽とは言わない。

では贋賽とはどのような物だろう。一番簡単な物は、一の目を少し深く掘り、そこに鉛を仕込むことだ。そうすれば一の目が重くなり、反対の六の目が出やすくなる。同様にして、二の目、三の目が出やすい賽を作ることができる。しかし、あくまでもその目が出やすくなるというだけで、何時もいつもその目が出るとは限らない。名人の手に掛かると、十中八、九はその目が出せるそうだが、そんな名人はそうそうはいない。掏摸の名人が目の前に居るので言い難《にく》そうだが、少なくとも丁か半を出すくらない。

いなら、ちょっとした壺振りなら出来るらしい。

ではどうやって詐欺博打を成立させるのか。先ずはカモを見つけ出すところから始まる。例えば仙太郎だ。勿論本当の狙いは五十間小町と言われる千代。仙太郎が半座に座れば、丁の目を多く出すようにすることにより、如何様の成立だ。更に丁座に偽客《さくら》を座らせておけば完璧だ。

しかし、仙太郎の場合が如何様だったかどうかは判らない。それを知っているのは壺振りを含め貸元とその仲間だろう。差し当たり如何様かどうかを調べる必要がある。この二日でそこまで調べ上げたみんなに謝礼を渡してこの会はお開きにした。これだけの情報があれば何とかならないだろうか。しかし、実際に体験しないことには話にならない。そこで二十一日に小兵衛自らが博打を打つことにした。


さて、その二十一日。清吉に十両を準備させて出かけた。寺銭を出すとすんなり入れてくれ、十両全てをコマ札に換えると、二間半ほどの畳が敷かれている部屋に通された。先客が一人いたが、向かい合わせに座って、

「こちらが丁方で」

と肌脱ぎの壺振りの横に座りながら訊いた。

「いえ、こちらは半方で。お客さんは初めてですね」

「そうです。よろしく」

丁方には中盆を挟んで左右に三人ずつ計六人、半方には壺振りの左右に三人ずつ計六人、総人数十二人が揃うと、壺振りは客に壺笊と賽子《さいころ》を渡して全員に振らせてくれる。壺振りが諸肌脱ぎになっているのと同様、如何様はありませんよという演出なのだろう。十二人全員が振り終わると壺振りが何度か振り、ゾロ目が出たところで、中盆が声をかけて始まった。

小兵衛は勝ったり負けたりで、最終的に一両ほど負けたところで終わることにした。

「お客人。次回は正月十一日です。よければまたいらっしゃってください」

「ぜひそうさせてもらうよ」

可も無く不可も無くといったところだ。しかしその間、壺振りの手の動きだけでなく、賽子の大きさ、色、木目の模様をしっかりと目に焼き付けていた。

次の開帳までにはまだ間がある。賭場の関係者及びその友人知人の名前と顔をしっかり覚えることに専念した。更に壺振りが持っていた物とそっくりの、普通の賽子二個と贋賽を六種類、更に壺笊を作らせた。

大晦日《おおみそか》の昼過ぎに銀次が贋賽と壺笊を持ってきた。小兵衛は夜中まで一所懸命、壺を振った。松の内が終わる頃、自由自在に目が出せるようになった。尤も、賽子を取り替える必要はあった。掏摸同様、指先の感覚に天性のものがあるのだろう。今度は如何にして賽子を掏り替えるかだ。掌に賽子を隠し持ち、壺を振る時に入れ替えることは何とか出来るようになった。しかし、両手を広げて掌を客に見せなければならない。そうすると小兵衛のやり方では不可能になる。どうやれば掏り替えられるのか分からないまま十一日を迎えた。

安と清吉を門の前で待たせると、一人で入っていった。五両を損《す》っただけで、特に異常は見られなかった。もっとも負けることは承知の上だ。

「次回は二十一日です。今度こそいい目が出やすよ。これに懲りずに是非お出でなさい」

「恵比須講の翌日ですね。それでは今年の運勢を占う意味でも、大金を準備してきましょうかね」

そう言い残して帰ったが、安と清吉は最後まで終わるのを待った。客が全員帰り、壺振りも暫くすると出てきた。安が近づき財布を掏ると、後に付いてきた清吉に渡した。清吉は普通の賽子と財布の中の賽子とを入れ替え安に渡す。安は財布を壺振りの懐に戻す。これで完了だ。

翌日、掏った賽を確かめた。一の目が出やすい賽と、五の目が出やすい賽だ。二つを同時に振ればグイチ（五と一）の丁が出やすくなる。そんな賽だった。

二十一日。五の目が出やすい賽の代わりに四の目が出やすい賽を安に渡した。そして壺振りの財布に戻してもらうことにした。これでヨイチ（四と一）の半が出やすくなる。

　安は壺振りが家を出るのをずっと待った。壺振りが家を出ると、暫くして気安く声をかけた。後ろには清吉が控えている。そして財布を抜き取り、賽を入れ替え、そしてまた懐に戻した。壺振りはそのことに全く気付いていなかった。


　その頃、小兵衛は加賀山の所にいた。

「加賀山様。今夜は忙しいですか」

「夜は仕事はないよ」

「左様ですか。実は今夜、賭場が開かれるのですが、今日は大金を持って行く心算です。つきましては、今宵の帰り、付き合って頂きたいのですが」

「場所は深川の永帝寺か」

「よくご存じで」

「あい解った」

「今夜は当てが外れるかもしれませんが、よろしいですか」

「ああ、いいとも。何もなければそれが一番だ」

「それでは、よろしく」

屋敷を辞すと、暫くぶらぶらしながら時を過ごした。大川を右に見ながら出来たばかりの永代橋を過ぎて一つ目の通りを左に曲がるとほぼ真っ直ぐな道になる。小さな橋を二つ過ぎると、目の前に一の鳥居が見える。門前町の店が左右に並んでいる。もしもの場合、何処に逃げ込もうかと考えながら町並みを見るが、前回同様、適当な場所を見つけることはできなかった。

賭場に入ると、いつもとは少し様子が違っている。丁方には、もう既に五人が座っていた。それだけでは別に驚くには当たらないが、座っている人物が問題だ。一見すれば、何処ぞの商人の若旦那や旦那集といった感じだが、貸元や壺振りの仲間達だとすぐに判った。〈やはり今日か。しめた〉と心の中でほくそ笑んだが、何食わぬ顔をして半方に座った。

「今までに五両以上も負けてますので、今日こそは取り戻しますよ」

「ぜひ、そうなすって」

いつものように十両をコマ札に換えると、懐の贋の切り餅をちらつかせた。博打が始まり半刻ほどすると壺振りが席を外した。小兵衛は勝ったり負けたりで、二両ばかり負けが込んで、手元にはまだ八両ほど残っていた。壺振りが戻ってくると再開だ。

「半方ないか、ないか」

しかし、ここでは賭けない。

「コマが揃いました」

「勝負」

壺笊を開けると、振った賽子の一つは席を外す前の物とは違っていた。小兵衛が準備した物だ。やはり如何様だ。しかし、どこで入れ替えたのだろう。壺笊と賽を盆茣《ご》蓙《ざ》に置いたまま席を外している。しかし、賽子は確かに入れ替わっている。そのことに気付く者は小兵衛を除いてはいないだろう。次の壺振りの一挙手一投足をじっと観察した。もう一個入れ替えるはずだと睨んだ。壺振りは賽子を手にし、左手の人差し指、中指、薬指の三本で、二個の賽子を挟む。

「はい、壺」

中盆の声に壺振りが両手を上げる。

「ようござんすね」右側の客に賽子を見せる。「ようござんすね」左側の客に見せる。何も仕掛けのないことを示している。

小指も開いているが、親指が今までと少し違って掌の方に向いていた。贋賽を隠すとすれば親指と掌の間だ。

「壺かぶります」

両手を振り上げ壺笊に賽子を入れる。右手を盆茣蓙《ござ》に下ろしながら、左手を少し後ろに反らした。壺笊を伏せるとすぐに左手の指を大きく開いて掌を見せる。壺は伏せたまま手前に引き、向こう側に押す。そして真ん中に戻す。右手も広げて掌を見せる。どこにも不自然なところは見当たらなかった。それでも、賽は入れ替わっている筈だ。

中盆が「どっちも、どっちも」と声を掛けコマを張らせる。ここぞと一気に残りの八両全部を半に賭けた。

「丁方ないか、ないか。ないか半方」

中盆はコマが揃うのを待った。

「コマが揃いました」

壺振りが壺に手を掛けると中盆が声を掛ける。

「勝負」

壺を開く。

中盆が、

「ヨイチ（四と一）の半」

と告げた。

的中だ。賽子を見ると、入れ替わっているのが判った。何時入れ替えたのか不思議だったが、そこが壺振りの腕だろうと感心した。賽の目を自在に操れるかどうかだが、ヨイチの半を出したと言うことはそれ程ではないだろうと見当をつけた。

三回ほど賭けるのを控え、様子をみた。賽子を壺に入れる前にみんなに見せるが、その時に見える目で丁半の区別がつき始めた。壺振りの癖と贋賽のお陰だ。癖というのは本人は案外と知らないものだ。

　丁と見極めると全額を賭ける。賭けない時もあるが、賭けた時は必ず勝った。三回勝ち続けたので手元には六十四両近くある。壺振りはまだ気付いていないようだった。どうせ最後の一勝負で取り返せばいいくらいにしか考えてないのだろう。

「今日は稼がせて頂きました。これで失礼します」

　立ち上がろうとすると、若旦那風の男から声を掛けられた。

「兄さん、勝ち逃げはいけやせんぜ。それだけついていてなさるんだから、もう一勝負如何ですか」

　恰幅の良い丁方の男も相槌を打った。そうこなくっちゃいけない。予想通りだ。

「お若いの、ぜひそうなさい」

「じゃあ、これが最後と言うことで」

　誘いに乗った振りをして座り直した。さあ、最後の仕上げだ。

「はい、壺」「ようござんすね、ようござんすね」

　賽の目が見えた。壺振りは丁の目を出す意図《つもり》で賽を挟んでいるのだろうが、そうは問屋が卸さない。半だと確信した。

「壺かぶります」「さあ、張った張った」

小兵衛は勿論全部を賭けた。残り五人の半方も、「兄さんの好運《つき》にあやかりやしょう」

と全額賭けた。

「丁方ないか、ないか」

半方の金額は全部で優に百両にはなる。

「貸し元。コマを分けてくだせえ」

貸元はコマ札が足りないので切餅四つを取りだして恰幅の良い男に渡し、咳払いを二回した。これは如何様を巧くやってくれという合図だろう。

「壺振りさん、味能《あんじょ》う頼んまっせ」

と丁方の若旦那が声を掛け、借りたばかりの切餅全部を丁に賭けた。今度は半方が三十両ばかり足りない。

「半方ないか、ないか」

中盆が様子をみる。

「兄さんは今日憑いてなさるからあと三十両賭けてみては如何ですか」

やはりこの勝負で貸しを作らせる魂胆だろう。しかし、確信はあった。

「じゃあ、そうさせてもらいましょうか」

贋の切り餅を懐から、更に財布から五両を取り出した。

「それではこれで。どうぞ今年こそ福の神が舞い降りますように」

　大仰に両手を合わせ拝んだ。出る目も予想がついているが、万が一ということもある。不安も少しはあった。もしも負けた場合は、胴元が切り餅の中身を確かめる前に逃げ出さなければならない。まあ何とかなるだろうと腹を括った。

「コマが揃いました」

　壺振りは自信をもっているかのように中盆と目を合わせた。

「勝負」

　壺笊を開ける。

「ヨ、ヨイチの半」

　壺振りはもちろん中盆も少し狼狽《うろた》えていた。小兵衛は図星だと胸をなで下ろした。

「畜生、何でグイチの丁が出ねえんだ」

　丁方が愚痴《ぼや》いていた。

「約束通り私はこれで」

　後ろで様子を見ていた貸元は、

「この馬鹿野郎」と、壺振りを蹴飛ばした。「今日はお開きだ。さっさと帰れ」

　ご機嫌斜めだ。

　二百両近い金が手に入った。一生、左団扇《うちわ》で暮らせる金額だ。風呂敷二つに分けて包んでもらい、帰途に就いた。他の半方もみんな上機嫌でさっさと引き上げた。丁方の客人はなかなか立ち上がらなかった。

寺を出ると半方の客人は三々五々散らばっていった。門前町を通り過ぎる頃には小兵衛一人になった。一の鳥居に差し掛かる頃、後ろから五人の三下が追いかけてきた。それに気付くと、駆け足で逃げ出した。右手に三斤（約二キログラム）、左手に三斤。次第に差が縮む。

「野郎。待ちやがれ」「待たんかい、こらっ」

振り向くとドスを抜いていたり匕首《あいくち》を振りかざしたりしているのが分かった。捕まるのも時間の問題だ。その時は大金を棄てて逃げるしかない。

大川へ辿り着くと右へ曲がった。するとそこに加賀山が御用提灯を下げて立っていた。他にも、見覚えのあるお抱えの下っ引が四人ほど、更に十人近くが刺叉などを持って待っていた。

「これは加賀山様」喘《あえ》ぎ喘ぎ言った。「いいところで」

「後は任せておけ」

そこへ追っ手がやってきた。小兵衛はみんなの後ろに隠れた。「待てぇ」と一番に曲がってきた者は刺叉で首の辺りを突かれドンと倒れ、すぐに縄を掛けられた。二番手三番手もあっと言う間だった。それに気付いた残りの者は慌てて逃げ出したが、すぐにお縄になった。抜き身のドスや匕首を持っていたので有無をも言わせなかった。

縄を掛けられた三下は元気なく歩かされた。その全員が、先ほどまで丁方に座っていた者だった。大坂から来た流れ者も何人か混じっていた。

「あの野郎。イカサマをやりやがって」

それを耳にした加賀山は小兵衛に訊いた。

「イカサマをしたと言ってるが本当か」

「加賀山様。からかっちゃいけません。壺振りがイカサマをするのなら解りますが、客がイカサマだなんて聞いたことがありません。私が壺振りとグルになっていれば話は別でしょうが、数回した来たことがないのに、そんなこと不可能でしょう。負けた腹いせの、逆恨みってもんですよ」

「それもそうだな。で、一体どうやったんだ」

「別に何もしやしませんよ」

「そうかい。お前さんの掏摸の特技でも使ったんじゃないのか」

「滅相もない。確かに私には掏摸の仲間と言うか、友人、知人がたくさんいますが、ただそれだけですよ」

「そうかい、じゃあ、賭けでもしないか」

「どんな賭けです」

「儂から財布を掏ったら褒美を遣ろうじゃないか」

「ですから、私は掏摸なんかじゃありませんって。そんな賭け、私の負けに決まっていますよ」

「ははは、そうか、じゃあ、そういうことにしておこう」

「お陰で助かりました。これはお礼です」

捕り方一人に一両ずつ渡し、加賀山には五両渡した。

「相当に稼いだようだの」

「へえ、今日はツキに付きまくりました」

吟味方には、博打の負けに腹を立てた者が襲いかかったという説明をした。要するに追い剝ぎということだ。博打はもちろん御法度だが、こと、寺に関わることなので町方は手出しが出来ない。寺銭は寄進とみなされるし、寺社奉行も立ち入ることはない。しかし、寺の外での刃傷沙汰となれば話は別だ。当然小兵衛はお構いなしだ。もちろん加賀山の助言も効いている。トカゲの尻尾切りだが、それでも貸元は大きな痛手を被っていることは事実だ。小兵衛も加賀山も大いに溜飲《りゅういん》を下げた。

「小兵衛。ご苦労だったな。拙宅へ寄って、少し休んではどうだ」

「はい、そうさせて頂きます」

真新しい鏑木《かぶらき》門を潜《くぐ》ったところで小兵衛はしゃがんだ。

「加賀山様。門の所で印籠を拾ったのですが、どなたのでしょう」

それを見た加賀山は目を見開いた。

「これは儂のではないか」

「左様ですか。見つかってようございました。さっき落とされたのですか」

印籠には根付けが付いており、帯にしっかりと挟まっていた筈だ。懐から財布を抜き取るよりもっと難しい。加賀山は呻《うな》ってしまった。

「儂の負けじゃ。褒美は何がよい」

「とんでもございません。私は門の所で拾っただけですから」

「そうか、ではそういうことにしておこう」

家に入ると、二人は暫く茶を嗜み、談笑に耽《ふけ》った。

それから二日後、壺振りが殺されているのが大川で見つかった。

逆恨み

「おお、小兵衛。よう来てくれた」

「何事で」

「これからは、儂の独り言と思って聞いてくれ」

加賀山は茶を飲みながらゆっくりと話し始めた。

一昨日の夜、八丁堀で殺人事件があった。知人の同心とその妻が斬殺されたのだ。十六歳で器量よしの一人娘は行方知れず。嫁入りにと蓄えていた金も無くなっている。犯人は少なくとも五人はいる。十人くらいかも知れないし、もっといるのかも。一人は眼光鋭い奴髷《やっこまげ》と言う。分かっているのはたったそれだけで、全く雲を掴むような話だ。探索のしようがない。八丁堀の威信丸つぶれだ。そう愚痴《ぼや》くことひとしきりだった。聞き込みをしていると、向こう隣の紀伊國屋の土蔵の鍵をこじ開けようとした形跡があったらしい。本当は紀伊國屋を襲いたかったのかもしれない。しかしあまりに頑丈な鍵だったのだろう。諦めたようだ。紀伊國屋が駄目だったので、向こう隣の屋敷を襲ったのか、それとも役人宅に押し入った後で、帰りの駄賃で紀伊國屋を襲ったのかは判然としない。たぶん後者だろうと睨んでいるようだ。紀伊國屋が本命とすれば、犯人は鍵を開けるそれなりの対策を講じていただろうと言う。

「目明かしを総動員して捜しているのだが、何とも……」

「で、私に捜せと仰るんで」

「いや、別に。お前さんは私がお抱えの目明かしではないからのう」

「この前は加賀山様に命を助けて頂いたので、やってみるだけはやってみますがね。入れ墨者とか、顔に傷があるとかならまあ、少しは算段がつきますが、眼光鋭いだけでは見当も付かないし、奴髷と言ったって五万といるでしょうからね」

「無理にとは言わぬ。気に留めておいてくれればそれでいい」

「左様で」

加賀山にも十五になる一人娘がいる。いなくなった娘とは親しかったらしい。その関係もあり、親しく付き合っていたのだが、それがこのような有様になってすっかり気落ちしていた。

寺へ戻ると、さっそくみんなを集めた。

娘が掠われたとなるとどこかに監禁されているだろうから、捜すのは難しい。問題は眼光鋭い奴髷の男だ。盗まれた金がどれだけあったのかは分からないが、もしもそれを山分けしているなら、金遣いが荒くなっているかも知れない。

「そこで、金遣いが急に荒くなった奴髷の男を見つけてくれないだろうか」

そう頼むと、前回同様持ち場を決めて、皆はすぐに散った。


二日後の夕。吉原で加賀山と話し込んでいると、前を奴髷の男が通り過ぎた。何処ぞの若旦那風を装っているが無精髭《ひげ》や肩で風を切るような歩き方はこの場に相応《ふさわ》しくないものを感じさせた。

「加賀山様、見ましたか」

「ああ、見た。奴髷だな」

「その位置から見えるんで？」

「そのくらい出来んでどうする」通りにやや背を向けていたのにしっかりと観察している。流石だ。「だが、儂はこれで帰らねばならぬ」

「奥方と娘さんが戻られたそうで」

加賀山の頬が自然と緩む。

「ああ。悪いが後を頼む」

胡散《うさん》臭い奴だと思って託された形だが、勿論その心算だ。下っ引とヘボ将棋をしながら時を過ごした。大門が閉まる前に辞したが、男は一晩泊まるのだろう、目の前を通らなかった。

妙仰寺でみんなの情報を聞くと、金遣いの荒い奴髷の男が数人いたが、更に探ると無関係だと判った。今のところ、残るのはこの男だけだ。

翌日、門が開く前に、清吉を伴って茶屋で待った。四つ過ぎ（十時頃）になって、やっと例の男が茶屋の前を通った。

こんな男の財布を掏ったところで大したことはないと思いながらも、自然と男にすり寄っていった。そしていつの間にか懐に手が入り、清吉に渡していた。そしてこの男の後を尾《つ》けた。物陰に隠れるのがいいのか、数間間をおいて自然に歩くのがいいのか、初めてのことで要領を得ない。こんな時、安か辰がいればと思ったが、自己流でやるしかない。それでも何とか成功した。男は馬喰町《ばくろうちょう》の民家に潜り込んだ。何とか発露ずに済むとほっとした。

妙仰寺に戻って中を開けてみると、小銭が少しばかりと紙切れが入っていた。広げてみると簡単な地図に×印が一カ所書き込まれていた。八丁堀に似ている。もし八丁堀だとすると、×印は丁度加賀山の屋敷の位置になる。そこですぐに番所に出向いた。

「確かに、我が家のようだ。そう言えば最近やたらと物売りがやってきて、いろいろと訊いていたらしい」

どうやら間違いないようだ。しかし、狙いは何だろう。金が目当てなら、近くの紀伊國屋に限る。と言うことは一人娘しかない。それとも何かの腹いせだろうか。更に範囲を広げて捜索することにしたが、この男については要注意人物として安に張り付いてもらい、監視を怠らなかった。

その夜遅く、安が戻ってきた。

「小兵衛さん。大変ですぜ。近々襲われますよ。加賀山様も同時刻に」

「どういうことだ」

「先日、博打で大損をし、腹の虫が治まらないってんで仕返しを考えてるようで」

壺振りを殺しただけでは物足りないらしく、ぼろ勝ちした小兵衛と、手下を捕まえた加賀山という同心に目を付けたらしい。理由はもう一つある。北品川の善伏寺の胴元は親戚だそうだ。その遺恨もある。昨年の火付けには荷担していないようで、一からの情報集めだったという。年格好。夫婦と若くて美人の一人娘ということで探りを入れて探し出したのだが、それが知人宅だったというのだ。

確かに、家庭環境が似ている。只単に勘違いをしただけらしい。掠った娘を問い糾して判明したという。そして加賀山の住居と小兵衛の居場所を探し出したという訳だ。今度こそ間違いなく、二人を同時に襲うらしい。

話の筋は通っている。用心しなければならない。襲う日時が分かればいいのだが、そこまでは分からなかった。しかし、それだけ分かれば案ずることはない。『彼を知り己を知れば百戦殆《あや》うからず』だ。襲撃の日時が分かれば言うことはないが、とりあえずは対策が採れる。早速準備に取りかかった。

　準備が終わった翌日、安から報告が入った。

「小兵衛さん。どうやら今夜、襲うようですぜ。ならず者がどんどん住処《すみか》に集まってます」

　娘の監禁場所は日本橋近くの蔵屋敷ということまで分かったが、今はそれどころではない。先ずは身の安全を計らなければならない。娘が殺されるということはなかろう。

「解った。早速、加賀山様に知らせてくる。みんなを集めて準備を頼みますよ」

　そう言い残して、急いだ。

「加賀山様。今夜、襲われるかも知れませんよ」

　事の経緯や、ならず者たちの住処の様子を具《つぶさ》に話した。襲われる前に、捉まえに行けば良さそうなものだが、白を切られるとそれまでだ。証拠は何も無い。

　小兵衛は自分が襲われる話は全くしなかった。加賀山は少し曇った顔つきをしたが何も言わなかった。当然小兵衛も襲われると気付いただろうが、本人が言わないので、そのままにしたようだ。

　妙仰寺に戻ると確認だ。

「どうだい。準備は万端かい」

総動員する必要もない。命知らずの近くの者だけで充分だ。

「へい、抜かりなく。なあみんな」

「へい」

元気な返事が返ってきた。


さて、その真夜中。耳を澄まして待っていると、案の定、忍び足でやってくる音が聞こえた。鶯《うぐいす》張《ば》りではないが、古いぼろ寺だ。どんなに忍び足でやって来ても軋《きし》む。襖を少し開けていたのでよく聞こえる。

それ程の大人数ではなさそうだ。こっちは十人。しかも手ぐすね引いて待っている。負けることは万に一つもない。

部屋の中は真っ暗。蠟燭《ろうそく》に火を灯《とも》したのか、廊下がほんのり明るくなった。襖を開ける音がする。隣の庫裏を捜しているようだ。一度暗くなったが、また明るくなった。

こちらへやって来る。襖の前が明るくなった。そっと開けて入ってくる。どうやら三人のようだ。こっちは息を殺してじっと待っている。まだだ。部屋の中程まで入って来た時、小兵衛は準備していた龕《がん》灯《どう》の覆いを外し、ならず者たちを照らした。それが合図だ。みんなは目つぶしを投げつけると同時に投網《とあみ》を放った。木刀を持って躍り出ると、ドスを払い落とし滅多打ちにした。あっと言う間に決着が付いた。

「そこまでだ。ふん縛《じば》ってしまえ」

手足を縛り、本堂の柱に括《くく》り付け、事件は呆気《あっけ》なく幕を閉じた。

「小兵衛さん。たったの三人じゃ手応えがありませんぜ」

「まあ、そう言うな。みんな怪我《けが》はなかったかね」

「へえ、大丈夫でやす」

あちこちから声が掛かった。清吉に一両ずつ配らせる。一両と言えば大金だが、命のやりとりをしたのだからこのくらいは当然だ。みんなも有り難く頂戴した。木戸門はもうとっくに閉まっているので、帰れない者は囲炉裏の周りで雑魚寝《ざこね》をした。

小兵衛は三人から、掠った娘の居場所を訊き出したが、今からでは閉まっている木戸を幾つも乗り越えなければならない。それにかなり遠い。明早朝でも遅くはないだろうと、今宵はぐっすり眠ることにした。


翌朝、番所にならず者たちを届けて戻ると、加賀山からの使いが来ていた。娘は昨晩助け出したとの事。更に、暮れ六つ（午後五時半頃）に来て欲しいとのことだ。使いの者に様子を訊くと、そちらもあっと言う間に決着が付いたらしい。

昼過ぎにのんびりと屋敷へ向かった。八丁堀まで一里半はある。寛永寺もかなり復興していた。梅の花も蕾《つぼみ》が膨らんでいる。黒門町の自宅付近も、家がすっかり建ち並んでいる。見知った顔もあった。

「京屋の若旦那じゃありませんか。生きてらっしゃったのですね」

そう声を掛けたのは隣に住んでいた女将《おかみ》さんだった。もうみんな死んだものと見做《みな》され、他人が家を建てて住んでいると言う。今更「代金を払うので出て行け」とも言えない。今の妙仰寺の生活が丁度お似合いだと思った。

日本橋を渡ると、すぐ右に焼け残った蔵屋敷が見える。ここが娘さんが捕らわれていた所だろう。左へ折れ曲がり海賊橋を渡り、楓川沿いに進む。西日が大きく家々の間から見え隠れする。すぐに八丁堀だ。

「おお、来たか。待ってたぞ」

「加賀山様、娘さんの様子はどうです」

「もう、すっかり元気に振る舞っておる」

「それはようございました」

「ご両親を亡くされたというのに、流石は武家の娘だ。感心しておる」

「ところで、捕り物の方はどうでした」

「うむ。貸元を含め、総勢八人だ。こっちは待ち構えていたので、あっと言う間の捕り物だったよ」

「左様で。それはようございました。ところで、実は私も昨夜襲われました」

「賊は三人だったそうだな」

「はい、もうご存じで」

「当たり前だ。お前が賊を突き出して半日以上経つのだぞ」

「そりゃあ、そうで」

「いやあ、余程捕り手を遣わそうかと思ったんだが、お前さんのことだから安心はしていたんだ。しかし、もしもという事もある。朝一で様子を探らせに使いをやらせたんだ。こうして元気な顔が見られて嬉しいよ」

「左様で。ご心配をおかけしました。私が襲われるとは夢にも思ってもいませんでしたから」

襲われると考えていたから、準備をし、賊を簡単に捕らえられたのだが、そのことに気付かぬ加賀山ではない。含み笑いを見せた。

夜中の出来事だが、その場ですぐに取り調べ、隠れ家を聞き出し、娘を助け出したという。そこには頼りない見張り役が一人いただけだったそうだ。

「みんな。入ってきなさい」

娘が二人に奥方が入ってきた。加賀山の娘は知っている。もう一人が掠われた娘だとすぐに判った。三人は口々に礼を述べた。両親を亡くした娘は、加賀山が育てることにしたという。親類縁者を頼ることを薦めたが、大の仲良しである加賀山の娘と一緒の方が心丈夫だというのだ。心の傷を癒やすにはその方が良い。器量よしの娘が二人。婿が見つかるまでの話だと割り切っているようにも見えた。

「準備を」

その一声で三人は下がった。そしてすぐに膳が運ばれた。加賀山の娘が小兵衛に、同僚の娘が加賀山に酌をしてくれた。加賀山が一口飲むと口を開いた。

「ところで相談じゃが」

「へえ、何用で」

「お前さんもそろそろいい年だが、嫁をもらう意図《つもり》はないか」

「考えたこともございません」

「そうか、ならば、今考えてみてもらえぬか」

「えっ、どういう風に考えればいいものか、見当もつきませせぬ」

「ここに年頃の娘が二人もいる。どちらかをもらわぬか」

唐突な申し出に返事がすぐにはできなかった。二人とも器量よしで気性も優しそうで申し分ない。しかし、仕事が仕事だ。しかも八丁堀の娘ときている。そんな娘を嫁にするなど考えも及ばなかった。ふと千代の顔が頭に浮かんだ。そして身分違いだと丁寧に断った。

「そうか。では、儂の下で働かぬか。それなら文句はあるまい」

「と言いますと」

「目明かしよ」

「ご冗談でしょう。私の仕事をご存じでしょう」

「知らぬな。掏摸の頭だとは聞いているが、お前さんが直接掏るわけではないのだろう」

「そりゃあそうですが、加賀山様の名前に傷が付くってもんですよ」

目明かしと言えば臑《すね》に傷のある者が多い。別に掏摸がなっても少しも不思議《おかし》くはないが、無理強いはされなかった。

五人は夜遅くまで歓談し、笑い声が絶えなかった。

著者プロフィール

速島 實（はやしま みのる）

1949年、北九州市に生まれる。

数年間、巌流島を眼下に過ごす。

還暦を過ぎ、思い立ってペンをとる。

マジックに興味を持っていた時期があり、掏摸（すり）のレクチャーDVDを楽しんだこともある。資料を探している時、実在していた掏摸の名人を知る。記載は数行しかなく、どんな話になるか考えてみた。

著書「一年（ひととせ)」、「武蔵誕生」、「巌流島の決闘」、他

お坊主小兵衛

2023年4月15日 初版第1刷発行

著 者 速島 實
発行者 瓜谷 綱延
発行所 株式会社文芸社
〒160-0022 東京都新宿区新宿1－10－1
電話 03-5369-3060（代表）
03-5369-2299（販売）

印刷所 株式会社暁印刷

ISBN978-4-286-30030-6